IL CODICE DELLA FENICE

UN THRILLER DI
UMBERTO LUBICH

Prologo

«Abbiamo esaminato il caso che avete sottoposto.»

L'uomo indossava un vestito grigio scuro. Si avvicinò alla finestra, carezzando con lo sguardo la cupola di San Pietro. I suoi occhi sembravano cercare qualcosa là fuori, tra le schiere di turisti e religiosi che sotto il sole affluivano verso l'ingresso dei Musei Vaticani. Il suo profilo si stagliava in controluce, prolungando la sua ombra sul tappeto color porpora che ricopriva l'intera superficie dello studio.

Il suo ospite seguiva ogni gesto con estrema attenzione.

Attendeva istruzioni.

«Fin dove ritenete possibile spingervi?» L'uomo in grigio si voltò verso la scrivania per tornare a sedersi al suo posto.

«Fin dove i miei passi avranno la vostra benedizione.»

Gli occhi chiari dell'ospite sembravano scolpiti nel ghiaccio. Sul vestito scuro spiccava la spilla: un gladio con una croce incisa all'interno.

L'uomo in grigio si lasciò affondare lungo lo schienale della sedia, appoggiando i gomiti sui braccioli e riunendo le mani sotto il mento.

«Sosterremo l'operazione e saremo lieti di accogliere ciò che avete promesso. Ma sia chiaro che la riservatezza alla quale avete prestato giuramento non vi consentirà di rivelare alcun dettaglio di questo nostro accordo. In nessuna occasione.»

L'uomo con gli occhi chiari annuì. Aveva ottenuto quello che voleva. Si alzò dalla sedia senza aggiungere altro e rivolse all'uomo in grigio il saluto cerimoniale.

«*Ecce Gladius Domini super terram.*»

L'uomo in grigio annuì compiaciuto pronunciando la solenne risposta.

«*Cito et velociter.*»

PRIMA PARTE

UNA STRANA MESSA IN SCENA

1

Il professor Umberto Ardenti era scomparso. Alan, seduto accanto al finestrino in un vagone di seconda classe, ripercorreva gli ultimi eventi come in un circuito chiuso.

Quello strano messaggio, ricevuto una settimana prima, era divenuto un rebus ancora più impenetrabile dopo quanto accaduto nei giorni successivi. Interrogativi che avevano precipitato Alan Maier in una notte insonne, trascorsa a preparare un bagaglio per poi correre a Mestre e salire sul treno delle 5.43 che lo avrebbe portato a Firenze.

Da lì, Siena.

Così, dopo due anni dall'ultima volta, Alan aveva lasciato Venezia per tornare in Toscana. Un viaggio che sapeva di dover affrontare, prima o poi, ma certo non immaginava di farlo in quel modo, correndo dietro alle parole di una email che Umberto gli aveva scritto poche ore prima di scomparire nel nulla.

Mentre il treno attraversava l'Appennino, Alan si era chiesto più volte se tutto quello che era successo sarebbe avvenuto lo stesso se avesse risposto subito a quella email. Fuori dal finestrino, il sole caldo della fine di giugno sembrava assorbito dal paesaggio e dagli alberi di quel verde intenso.

Aveva letto quella email una settimana prima, venerdì sera, seduto nella soffitta del suo appartamento, a Venezia, dove era allestito il suo studio, caotico e polveroso, illuminato appena da una piccola finestra dalla quale si scorgeva Rialto. Professore associato alla Ca' Foscari con un corso semestrale in Storia della stampa veneziana nel Cinquecento, in attesa che dopo l'estate riprendessero le lezioni stava lavorando a una pubblicazione che il suo editore si era stufato di attendere. Uno studio dedicato a uno dei più grandi misteri della bibliografia: l'*Hypnerotomachia Poliphili* e il suo sterminato campionario di significati occulti per i quali il professor Maier aveva sempre dimostrato un'insana predisposizione.

Stava aprendo il paragrafo dedicato alla dea Iside, considerata la vera ispiratrice del poema scritto da Francesco Colonna, quando il notificatore della posta elettronica gli aveva segnalato l'arrivo di un messaggio. Il mittente era Ardenti.

Poche righe, giusto qualche frase di circostanza senza alcun accenno al fatto che da due anni non avessero più notizie l'uno dell'altro. E poi Ardenti arrivava al punto:

Ho bisogno del tuo aiuto per una scoperta che potrebbe essere la più importante della mia vita.

PS: hai bisogno di un cellulare nuovo.

Sepolto sotto un ammasso informe di libri e riviste, sprofondato tra i due cuscini di una poltrona, Alan aveva ritrovato il suo cellulare, che era spento. Da chissà quanto tempo. Aveva alzato lo sguardo verso la libreria, dove si ricordava di aver lasciato il caricabatterie, arrotolato vicino ai volumi di Fulcanelli, tra l'edizione serigrafata di *Le nozze chimiche di Christian Rosecreutz* e un ricettario in tre volumi di cucina medievale. Il disordine del suo appartamento si era evoluto nel tempo. Libri, dizionari, enciclopedie, monografie, saggi, atlanti geografici e qualche volume di valore pescato tra bancarelle e minuscole botteghe nelle quali non entrava mai la luce del sole.

Recuperando un bicchiere da una mensola si era versato due dita di brandy. Passando in rassegna i numeri apparsi sul cellulare appena riattivato aveva osservato l'elenco delle chiamate, realizzando il fatto che per giorni, immerso nel suo lavoro, non si era reso conto di quel silenzio.

La serata era umida, il sapore del Cardenal Mendoza morbido e confortante.

La prima delle chiamate ricevute risaliva a domenica. Non aveva un telefono in casa, la linea era collegata soltanto a un fax, e quindi per cinque giorni Alan aveva tagliato fuori il resto del mondo. Aveva riconosciuto tutti i numeri tranne un paio, ripetuti più volte. Ma di uno ne aveva intuito la provenienza dal prefisso: Siena. Quello doveva essere il numero di Ardenti. E di Ardenti era probabilmente anche il cellulare che seguiva. Numeri che da ormai due anni aveva cancellato dalla sua rubrica. E dalla sua vita.

Quella sensazione di sfasamento temporale lo aveva affaticato. Come se un forte colpo di vento avesse spalancato una porta, rimasta chiusa da tempo, e avesse lasciato entrare cose che avrebbe preferito restassero al loro posto.

Si era seduto sulla poltrona nella quale aveva ritrovato il cellulare, aveva preso la sua pipa in radica chiara e aveva cominciato a succhiarne il bocchino. Non aveva in mente niente di preciso, soltanto una serie di cose da riordinare.

Alan aveva deciso di ignorare l'email di Ardenti, giudicandola un patetico tentativo di riallacciare un rapporto che non aveva alcuna voglia di riallacciare. Ma dopo una settimana era di nuovo accaduto qualcosa.

Stava sistemando la finestra dello studio per lasciare che la luce calda del tramonto entrasse nella stanza, quando il rumore sinistro del fax gli aveva annunciato l'arrivo di quel qualcosa che lo avrebbe catapultato in viaggio.

Quando il treno entrò nella stazione di Siena, Alan riemerse dai suoi pensieri, stringendo tra le labbra il bocchino della pipa ricurva. Con il treno ormai entrato in frenata, estrasse un foglio ripiegato dalla tasca interna della giacca che aveva appoggiato sul sedile. Era il fax, ovvero il motivo per cui dopo quella settimana di resistenza aveva deciso di riempire una valigia e partire per capire cosa fosse successo.

Un articolo, pubblicato su un quotidiano di Siena. Non ricordava più quante volte lo avesse letto. Aspettando che il treno si fermasse, Alan osservò di nuovo la fotografia di Umberto, che corredava il servizio del cronista. Era un taglio basso, un articolo da fondo pagina. Diceva che Umberto Ardenti, professore ordinario di Storia del cristianesimo alla facoltà di Lettere e Filosofia e membro della commissione scientifica per la campagna di scavo del Santa Maria della Scala, era scomparso da due giorni.

Gli ultimi ad averlo visto erano stati i suoi colleghi dell'equipe di scavo. Lo avevano salutato domenica sera dopo una bevuta in un pub. Ovvero, due giorni dopo che aveva scritto l'email ignorata da Alan.

Nessuno lo aveva più visto.

Lunedì non si era presentato al cantiere di scavo, non rispondeva al telefono. Martedì di nuovo nessuna notizia. A casa non c'era, il cellulare era spento.

Mentre il cigolio dei freni concludeva la corsa del treno, Alan ripiegò il foglio in quattro e lo ripose nel taschino interno della giacca, che appoggiò sulla valigia in attesa di scendere. Fuori dal finestrino il sole rifletteva sulla pietra della stazione ferroviaria. C'erano persone che si abbracciavano: come accade in tutte le stazioni, alcune si erano appena riunite altre si stavano per lasciare. Un tizio leggeva il giornale appoggiato con la schiena al muro, una signora anziana si riparava con un ombrellino da sole. Alan si trovò a scendere proprio di fronte a lei. La donna gli sorrise da sotto due grandi occhiali scuri.

Si incamminò verso l'uscita della stazione. Non aveva ancora le idee chiare su cosa avrebbe dovuto fare. Ma prima di tutto decise di lasciare i suoi bagagli al deposito e di andare a cercare un taxi per raggiungere la Questura.

L'uomo appoggiato al muro teneva aperto il giornale per coprire la direzione del suo sguardo, rivolto al treno appena arrivato da Firenze. Indossava una camicia a fiori con le maniche corte e portava al collo una piccola macchina fotografica. Il perfetto turista.

Secondo le istruzioni ricevute, l'uomo ritratto nella fotografia che teneva di fronte a sé, coperta dal quotidiano, con buona probabilità sarebbe sceso da quel treno.

Vide qualcuno che sembrava somigliargli. Piuttosto alto, capelli castani, occhiali da vista. Ma appena sceso era rimasto nascosto dietro il ridicolo ombrellino da sole di un'anziana che forse era l'unica in tutta la stazione a non aspettare qualcuno. Poi vide l'uomo incamminarsi verso l'uscita. Non ebbe più alcun dubbio quando lo vide portarsi alle labbra la stessa pipa che aveva in bocca mentre, nella foto, sorrideva accanto al professor Umberto Ardenti.

2

«Abbiamo controllato, il numero dell'invio di quel fax corrisponde a una fotocopisteria, una di quelle in centro, che usano gli studenti. Ho mandato un agente a chiedere informazioni ma immagino la risposta. In quelle attività commerciali passano centinaia di persone ogni giorno e alcune sono aperte anche di notte. Nessuno si ricorderà chi ha mandato il fax.»

Il dirigente della Squadra mobile della Questura di Siena, l'ispettore capo Vincenzo Darrigo, parlava con un forte accento meridionale, aveva una corporatura robusta e i capelli rasati. Sulla scrivania, omaggio forse dei colleghi, aveva una piccola statuetta di plastica del commissario Montalbano, appoggiata accanto alla targhetta con il suo nome, preceduto dal *DOTT.* in caratteri maiuscoli.

«Pensavo potesse essere utile alle vostre indagini» disse Alan riprendendo il suo fax dalle mani del poliziotto.

«Vede, professore, fossi in lei non mi preoccuperei più di tanto. Abbiamo buoni motivi per ritenere che il professor Ardenti non sia affatto scomparso, ma si sia semplicemente preso una vacanza.»

«Avete scoperto qualcosa?»

«Sono notizie coperte da privacy, non vorrei vederle pubblicate sul giornale, non so se mi spiego» disse Darrigo, che sembrava invece avere una gran voglia di raccontare quanto efficienti fossero stati i suoi uomini.

«Non avevo in programma di rilasciare interviste.»

«Certo... mi ripete il suo nome?»

«Alan Maier.»

«Maier... è un cognome veneziano? Lei viene da Venezia ha detto, vero?»

«Sì, ma la mia famiglia è originaria di Capodistria. Non è molto distante.»

«E conosce il professore Ardenti per...»

«Mi sono laureato con lui qui a Siena e per un periodo sono stato un suo assistente, poi sono tornato a Venezia ma abbiamo continuato a collaborare finché...»

«Finché?»

«Una serie di incomprensioni.» Alan provò a sorridere, ma si rese conto che il tentativo non era stato un granché.

«Capisco.» Darrigo giocherellava con un tagliacarte a forma di katana. Poi riprese a bassa voce, dando l'impressione di voler fare una confidenza.

«In effetti, proprio stamani, abbiamo scoperto che ci sono due biglietti aerei, prenotati con la carta di credito di Ardenti, per un volo che parte domani sera da Milano per Parigi.»

«Ha detto Parigi? Non capisco...»

«Diciamo che il suo amico, il professor Ardenti, si è voluto concedere qualche giorno di riposo in dolce compagnia. Forse avrebbe dovuto avvertire qualcuno delle sue intenzioni, ma, mi creda, sono cose che accadono più spesso di quanto si pensi. Per esempio, lei sa se per caso il professore ha di recente conosciuto qualcuno, magari più giovane?»

«No, mi dispiace. È da un po' che non ci frequentiamo.»

Tutto quello non aveva senso. Umberto si faceva vivo dopo due anni per chiedergli aiuto sulla scoperta più importante della sua vita e poi se ne andava in giro ad amoreggiare come un sedicenne?

«Domani sera manderemo qualcuno all'aeroporto di Milano, questo qualcuno si avvicinerà con estrema riservatezza al check in, chiederà al professore di firmare un rapporto di identificazione e si accerterà che stia bene. Garantendogli il più totale rispetto della sua privacy, che ormai è l'unica parola d'ordine che esista nel nostro lavoro.» Darrigo si alzò dalla sedia e porse la mano verso Alan. «Si goda il suo soggiorno a Siena, professore, se mi lascia un suo recapito telefonico sarò lieto di informarla, domani sera, che il professore aveva soltanto voglia di divertirsi un po'.»

Percorrendo a ritroso i corridoi della Questura, Alan cercava di ridurre tutto a qualcosa di comprensibile. Forse Umberto, non avendo ottenuto risposte da parte sua, aveva deciso di lasciarlo perdere e andare a svagarsi un po'. Del resto, la sua attrazione per donne molto più giovani non aveva dovuto attendere i sessantadue anni per manifestarsi.

Alan salutò l'agente di piantone di fronte all'ingresso della Questura.

Abbandonata l'aria condizionata, il caldo lo assalì di nuovo e di nuovo si tolse la giacca.

Erano da poco passate le dodici. Si ricordò di aver preso in corsa il primo treno a disposizione senza prendere neppure un caffè. Di fronte a lui una stretta discesa portava in via di Città, una delle vie principali dalle quali arrivare fino a Piazza del Campo. Decise di andare proprio lì, per fermarsi al Manganelli, di fronte alla Torre del Mangia, e decidere se trattenersi ancora o tornarsene a casa, certo che prima o poi le cose si sarebbero chiarite per conto proprio.

Via di Città era affollata di turisti e percorsa dall'eco dei tamburi: una contrada stava sfilando per le vie del centro. Le attività per il Palio del 2 luglio erano già in corso. Alan ritrovò in quel rumore, tipico di quella città, una vecchia conoscenza, che aveva accompagnato le lunghe serate di lavoro quando con Ardenti si chiudevano nell'appartamento di via Montanini. Dopo due anni quei ricordi tornarono ad assumere un sapore quasi piacevole. Se ne sorprese, mentre iniziava a scendere verso Piazza del Campo.

Dopo pochi passi, però, si sentì chiamare alle spalle.

«Alan Maier.»

Si voltò. Dietro di lui c'era una ragazza.

La fissò cercando di ricordare chi fosse. Indossava una camicetta dai colori vivaci e aveva una borsa di cuoio a tracolla. Una studentessa agli ultimi esami, o forse una ricercatrice, il cui aspetto era reso decisamente poco formale da una chioma di capelli rossi e gialli fermati sulla nuca da una matita. Le sorrise cercando di ricordare il giorno in cui si erano incontrati, magari nel corso di uno dei seminari di Umberto, ai quali aveva assistito nel periodo in cui vivevano in simbiosi per quel libro che, per motivi che niente avevano a che fare con lo studio, non avrebbero mai finito.

«Mi chiamo Giulia Sereni, lavoravo con il professor Ardenti.» Dopo una breve esitazione aggiunse: «Ormai non speravo più di incontrarla.»

Il volto della ragazza era teso.

15

«Temo di non ricordarmi di quando...» provò a dire Alan, tanto per non rimanere immobile e silenzioso, ma non fece in tempo a finire la frase che la ragazza lo interruppe.

«Abbiamo bisogno del suo aiuto, professor Maier. Ardenti potrebbe essere in grave pericolo.»

3

«Sono stata io a mandarle quel fax, mi scusi ma non sapevo cos'altro fare. Ardenti aveva detto che lei non rispondeva al telefono e neppure alle email. Che al suo numero di casa rispondeva un fax. Allora le ho mandato l'articolo.»

La ragazza parlava scaricando la tensione sul cucchiaino del caffè.

Si erano seduti al Manganelli. Il sole sembrava accendere i mattoni rossi che ricoprivano la piazza a forma di conchiglia, divisa in nove sezioni.

«Sono stato in Questura, pare che Ardenti sia andato...»

«A Parigi, certo. Sono stata a parlare con l'ispettore Darrigo prima di lei, stamani. Poi sono rimasta lì fuori aspettando che lei arrivasse, certa che l'articolo di giornale l'avrebbe spinta a muoversi.»

Ad Alan parve di trovare una traccia di rimprovero in quelle parole. E la cosa lo infastidì, soprattutto per il fatto che aveva trascorso più di sei ore, tra viaggio e coincidenze, nel tentativo di non sentirsi in colpa per non aver preso in considerazione quella email quando gli era arrivata. Era difficile immaginare cosa sarebbe successo, ma rimaneva il fatto che aveva deciso di ignorare quella blanda richiesta di aiuto.

«Io e il professore non ci sentivamo più da qualche tempo e io avevo molto da fare.» Si portò la pipa alle labbra.

«Ardenti mi ha detto che fino a qualche anno fa eravate ottimi amici. Non mi ha spiegato cosa è successo, ma dopo la scoperta lei è stata la prima persona a cui ha pensato per chiedere aiuto. Mi ha detto che era convinto che quanto aveva trovato sarebbe stata la scoperta più importante della vostra vita.»

«Ha usato quella parola? Ha detto *nostra* vita? Perché nel messaggio parlava della *sua* vita. E conoscendo Ardenti credo proprio che lei abbia capito male.»

«Ardenti è scomparso, professore. Non c'è nessun viaggio a Parigi, come quello stupido poliziotto capirà domani sera quando all'aeroporto di Milano non troverà nessuno.»

«Come fa a saperlo?»

«Perché Ardenti era entusiasta della scoperta che aveva appena fatto. Era convinto che sarebbe riuscito a portare lei a Siena e a riprendere a lavorare insieme. Era eccitato, non ha senso il discorso del viaggetto romantico. Il professore era ansioso di lavorare.»

Alan ripensò ai propri dubbi, che aveva lasciato da parte ma che adesso tornavano, richiamati dalle parole di Giulia.

Il suo sguardo si posò sul Palazzo Comunale e sulla Torre del Mangia. Una sera di metà agosto era seduto con Ardenti proprio lì sotto. La piazza era circondata dal tufo, sistemato a terra sul percorso che di lì a pochi giorni dieci contrade si sarebbero contese per il Palio dell'Assunta.

Alan e Umberto erano seduti su un palco, le tribune di legno che circondano la piazza nei giorni del Palio, e si erano soffermati sul fatto che tra poche ore sedersi in quel posto avrebbe comportato una spesa di quasi cinquecento euro, per assistere a una corsa di pochi minuti.

«Ho preso due biglietti» gli aveva detto Umberto.

«Cosa hai fatto?»

«Hai capito bene, ho preso due biglietti. Volevo che vedessi il Palio ma sapevo che non ti saresti mai infilato nella bolgia di piazza, allora ho preso due biglietti per un palco. Conosco il tizio che lo gestisce e mi ha rimediato due posti. Non è stato semplice, di solito sono tutti prenotati a questo punto.»

«E quanto hai pagato, vecchio scemo?»

«Non sono affari tuoi, giovane agnostico. Devi però promettermi che se quanto vedrai ti smuoverà dentro qualcosa, non farai finta di niente per partito preso.» Umberto si era lisciato la corta barba, ancora brizzolata ma sempre più bianca.

«Ti assicuro la mia più totale sincerità e purezza d'animo.»

Avevano brindato all'accordo con i due bicchieri di vino che avevano preso da un bar lì vicino.

Un sorriso si trasmise attraverso il tempo e tornò ad affiorare sulle labbra di Alan, mentre seduto al tavolino con quella sconosciuta ripensava a quel carattere folle e impetuoso con il quale il professor Ardenti lo aveva conquistato, quando era ancora uno studente interessato ad argomenti che nei comitati accademici suscitavano soltanto buonumore.

«Come vi siete conosciuti, lei e il professore?» gli chiese Giulia.

«Se non sbaglio dovrebbero essere passati più o meno vent'anni.» Alan si accorse di una piacevole sensazione, come una ritrovata vicinanza. «Stavo preparando la mia tesi di laurea su un manoscritto del Quattrocento custodito alla Riccardiana di Firenze. Mi ero convinto che in alcuni passaggi l'au-

19

tore, un monaco che si interessava di erbe, avesse inserito una serie di simboli che in realtà parlavano di altro.»

«Di cosa, se posso?»

«Della Pietra filosofale. Una vera mania di quel tempo.»

«E immagino che Ardenti fosse l'unico accademico disposto a sostenere una tesi di laurea così audace.»

«Si sbaglia, Ardenti si limitò a offrirmi il pranzo per spiegarmi che al tempo aveva troppi laureandi da seguire e non aveva tempo per un Cavaliere del Graal. Disse proprio così, me lo ricordo bene.»

«Un Cavaliere del Graal? E poi come è andata finire?»

«Che Ardenti, nella sua sconfinata vanità, mi tenne tutto il pomeriggio a parlare dei suoi studi e di una sua intuizione su cosa intendesse lui per Pietra filosofale.»

«E cinque anni dopo avete pubblicato insieme *Il tesoro perduto di Alessandria*.»

«Vedo che il professore la tiene informata. I libri perduti della Biblioteca più importante della storia dell'uomo. La *Pietra* sulla quale si fonda il sapere. Avremmo dovuto approfondire alcuni aspetti in una seconda pubblicazione, ma...» si interruppe.

«Ma non lo avete fatto, lo so.»

Quelle parole caddero sul tavolo, lasciando ad Alan ancora la spiacevole sensazione di un rimprovero. Cercò di nuovo rifugio nella Torre del Mangia.

«Lei è un'assistente del professore?»

Alan credeva che dalla risposta avrebbe capito se Umberto e quella ragazza condividessero qualcosa di più di un lavoro.

Un dettaglio significativo per valutare quanto addentro agli affari di Ardenti lei fosse.

«No, non sono la sua assistente.» Alan colse un leggero imbarazzo in quelle parole. Qualunque spiegazione le avesse seguite, era certo che tra i due ci fosse quel qualcosa che aveva sospettato. «Sono una laureanda in Scienze della comunicazione, all'università di Bologna. Ho saputo che era in corso uno scavo importante a Siena, al Santa Maria della Scala, e ho chiesto la tesi su questo. Su come la divulgazione scientifica nella comunicazione di massa possa aiutare la ricerca.»

«Piuttosto strampalata come storia, mi pare. Lei sarebbe venuta a Siena, da Bologna, per una tesi sulla divulgazione scientifica?»

«Non ci vedo niente di strano. Quello del Santa Maria era un lavoro importante, perfetto per l'argomento della mia tesi.» Giulia era nervosa. Per Alan fu una conferma.

«D'accordo, come preferisce» si limitò a dire. «Cerchiamo almeno di capire che cosa sa di quanto sarebbe avvenuto ad Ardenti e dei motivi per cui dovrebbe avere bisogno di aiuto. Tanto per cominciare potrebbe dirmi che cosa avrebbe scoperto di così importante.»

«La ringrazio.» Sembrò sollevata. «Ardenti e la sua equipe hanno trovato una cripta, sepolta sotto la zona non ancora riportata alla luce del Santa Maria della Scala.»

«Una cripta?»

«Sì, ma penso che il resto sarebbe meglio se lo vedesse con i suoi occhi.»

4

Il cantiere degli scavi era in piena attività. Dopo aver ripercorso via di Città, Alan e Giulia avevano superato di nuovo la via che portava alla Questura per poi arrivare nella piazza dalla quale il Duomo sembrava sovrastare l'intera città.

Di fronte alla cattedrale, all'interno del Santa Maria della Scala, Giulia mostrò il suo tesserino a un guardiano e superarono l'ingresso, dove si trovava la biglietteria per visitare l'interno della struttura.

«Fino a pochi anni fa era un ospedale, immagino che Ardenti le abbia spiegato queste cose, professore» disse Giulia.

«Va bene anche soltanto Alan.» Uno scambio di sorrisi sancì l'accesso al nuovo livello di confidenza. «Abbiamo visitato insieme il Santa Maria, in effetti Ardenti ha sempre avuto una sorta di attrazione mistica per questo luogo che non mi sono mai spiegato. Penso che il suo progetto di lavorare a uno scavo sulle fondamenta di questo edificio sia maturato molto tempo fa. Una delle cose di cui preferiva non parlare.»

«Ho letto alcuni dei suoi articoli» gli disse Giulia, guidandolo verso la zona dello scavo. «Ardenti dice che lei è in grado di rendere interessante persino una lista della spesa, trovandoci significati occulti e messaggi cifrati. Sa che ho visto una sua intervista, su un canale di Sky, una volta? Parlava delle origini del Cristianesimo. La presentavano come esperto di simbolismo. Ci si rivede?»

«Ogni volta ti presentano come un esperto di qualcosa.»

Dopo una porta, di nuovo un breve corridoio e una seconda scala verso il basso.

«Ardenti dice anche che lei è un ottimo giocatore di scacchi» riprese Giulia, che sembrava a disagio nei momenti di silenzio.

«Sono un giocatore mediocre, ma è molto più di quanto basti per battere Ardenti in meno di dieci mosse.» Alan osservava le pareti buie, cercando di immaginare come Ardenti avesse organizzato il cantiere. «Non riesce a rimanere concentrato per più di cinque minuti sulla stessa cosa.»

«So che la sua è una vera passione per i giochi, Ardenti mi ha detto che ne ha persino scritto qualcuno.»

«Mi piacciono i giochi. Quando Ardenti bocciò la mia idea sulla tesi, prima ancora di assecondarlo nelle sue ricerche sulla biblioteca di Alessandria, mi laureai con un lavoro dedicato ai giochi, all'origine di alcuni tra i più antichi e al loro significato iniziatico.»

«Sembra interessante anche questo» disse Giulia aprendo una porta di servizio che dava su una scalinata.

«Il rapporto tra gioco e opera d'arte in passato era molto più stretto. Ci sono messaggi nascosti che molti artisti hanno lasciato nelle loro opere. A volte volevano poter dire cose che non era concesso dire, altre volte volevano semplicemente intrattenere con un indovinello.»

Giulia iniziò a scendere le scale e invitò Alan a seguirla.

«E Ardenti le propose un dottorato, vero?»

«A quanto pare le ha raccontato molto di me.»

«Mi scusi, non volevo essere inopportuna. Il fatto è che lei è l'unica persona di cui Ardenti parli con entusiasmo. La mia è soltanto curiosità» si scusò Giulia, scendendo l'ultimo gradino. Guidò Alan in un corridoio buio che li condusse a un'enorme stanza dove un gruppo di sei persone stava lavorando con secchi pieni di sassi e minuscoli scalpelli. La scena era illuminata da fari sistemati a terra. Sopra di loro, a quasi dieci metri da terra, da dietro una parete in vetro si affacciavano i visitatori del museo del Santa Maria, incuriositi dalle attività di ricerca.

Una donna uscì dal gruppo e andò loro incontro.

«Si chiama Caterina Fermani» sussurrò Giulia prima che la donna fosse abbastanza vicina da sentirla. «È un'archeologa di Roma ed è la responsabile della campagna di scavo. Umberto la chiama Santa Caterina per il suo fervore religioso.»

«Umberto?» le disse Alan.

«Il professor Ardenti» si limitò a rispondere Giulia, mentre la Fermani già porgeva la mano verso l'ospite.

Fu Giulia a fare le presentazioni. Ma la Fermani la interruppe quasi subito.

«Il professor Maier, certo» disse stringendogli la mano con una presa lenta. «Ci siamo conosciuti qualche anno fa, a Firenze se non sbaglio.»

Alan se ne ricordò soltanto in quel momento.

«Proprio così, è un piacere rivederla.»

«Gli stavo spiegando della scomparsa del professore» intervenne Giulia.

24

«Una storia piuttosto strana, vero?» disse la Fermani, accompagnando l'ospite a un bancone dove erano sistemate delle bibite con bicchieri di plastica. «La polizia dice che Ardenti ha comprato due biglietti aerei per Parigi, una cosa che ha dell'incredibile.» Evidentemente la riservatezza dell'ispettore capo Darrigo aveva bisogno di un'attenta revisione. «Con tutto il lavoro che abbiamo da fare, con una conferenza stampa da preparare per ottenere nuovi fondi per la campagna di ricerca, Ardenti se ne va a Parigi in dolce compagnia.» Raggiunsero un tavolino da campeggio con bicchieri di plastica e un paio di bottiglie. «Volete qualcosa da bere? Giulia servi tu il nostro ospite. Abbiamo tè freddo e poco altro.»

Alan rifiutò con un gesto della mano, poi si rivolse alla Fermani.

«Crede alla storia della fuga amorosa?»

«Non vedo perché non dovrei farlo, anche se la cosa rischia di mettere tutti in imbarazzo. Il Signore non voglia che Ardenti abbia pagato quei biglietti con i fondi dell'università.»

Alan si voltò verso Giulia, che stava guardando da un'altra parte.

«Come mai ci hai abbandonato anche tu, Giulia?» disse la Fermani.

«Ho lavorato alla tesi, dovrò cominciare a scriverla prima o poi.»

«Certo» disse la ricercatrice fissando Alan, come se ancora cercasse di inquadrare la ragione della sua presenza. «Possiamo fare qualcosa per lei, professore? La conferenza stampa sembra che dovrà essere rinviata, ma possiamo fornirle una panoramica del nostro lavoro, se intende scriverci qualcosa.»

«Lo porto qualche minuto alla cripta, se non ti dispiace» intervenne Giulia.

«Certo cara, non c'è problema. Noi ci tratteniamo finché non torna Luca.» Leggendo la domanda sul volto di Alan, aggiunse «è andato alla Sovrintendenza per fare l'inventario. A quanto pare hanno portato via un po' di cose. Purtroppo anche il bastone.»

Alan la guardò perplesso.

«C'è stato un furto, proprio due notti fa» chiarì l'archeologa, senza più nemmeno cercare di nascondere la diffidenza nei confronti del loro ospite. «In un deposito della Sovrintendenza ai beni archeologici, dove purtroppo si trovavano anche alcuni reperti che abbiamo trovato nella nostra campagna di scavo. Qualche teppista ha sfondato una porta, ha sfasciato un distributore per bibite portandosi via gli spiccioli, si è preso un computer portatile e qualche oggetto di cui ancora non avevamo stabilito con certezza il valore. Tra cui anche il bastone, purtroppo. E a quanto pare alla fine ha festeggiato il tutto facendo un po' di baldoria.»

«Cioè?» chiese Alan.

«Hanno trovato anche un paio di siringhe. È sconfortante pensare che un tossicodipendente possa compromettere un lavoro di ricerca come questo per soddisfare i propri bisogni, non trova?»

«Bene, allora noi facciamo un salto alla cripta e poi ce ne andiamo» disse Giulia salutando la Fermani con una certa fretta.

Raggiunsero un angolo della stanza e mentre gli altri li fissavano cercando di distogliere lo sguardo al momento giusto, Giulia scoprì una botola. «Mi segua» disse ad Alan.

Entrarono nella botola scendendo attraverso una scala di legno.

«Perché non mi ha detto niente del furto nel deposito?» le chiese Alan, attento a mettere bene i piedi sugli stretti pioli.

«Pensa che possa essere legato alla scomparsa del professore?» gli chiese Giulia. Alan ebbe l'impressione che la risposta a quella domanda la ragazza già se la fosse data per conto proprio. E che volesse in realtà fornirgli quelle informazioni seguendo un ordine stabilito che aveva lo scopo di suggerirgli le medesime conclusioni a cui era giunta lei.

«Forse a questo punto farebbe bene a dirmi quello che sa, dato che sembra l'unica persona a preoccuparsi per il professore» disse Alan, scendendo. «Non mi sembra che i colleghi di Ardenti condividano le sue stesse preoccupazioni. Se ha informazioni che gli altri non hanno perché non le ha date alla polizia? Perché ha deciso di coinvolgere me in questa sua indagine personale?»

Giulia non rispondeva, si limitava a scendere. Finché non toccò terra. Alan continuava a parlare alle sue spalle. «Insomma, magari potrebbe cominciare a dirmi che cosa è il bastone di cui parlava la Fermani, e dato che le sono venuto dietro fin qui penso che almeno mi potrebbe spiegare come…»

Il resto della frase si perse nel mondo delle intenzioni. Ogni pensiero che stava attraversando la mente di Alan si interruppe alla vista della cripta.

Lasciò la scala. Si trovavano in un ambiente sotterraneo illuminato da una lampada che Giulia aveva appena acceso. Di fronte a loro adesso c'era un'arcata in pietra, oltre la quale si apriva una piccola stanza che al centro aveva un qualcosa di molto simile a un piccolo sarcofago.

Alan si avvicinò all'arcata e notò un'incisione che la percorreva da sinistra a destra.

Era una scritta in latino. La sfiorò con le dita come a volersi assicurare che quelle parole fossero davvero incise lì, davanti ai suoi occhi.

5

«La Sovrintendenza stava preparando una conferenza stampa, come diceva la Fermani.» In quel momento la voce di Giulia sembrava provenire da lontano. «La Campagna di scavo ha bisogno di fondi e la scoperta di questa cripta avrebbe potuto suscitare l'entusiasmo necessario. Lei che conosceva Ardenti pensa davvero che avrebbe scelto questo momento per andarsene?»

Alan stava ancora osservando quella scritta. Forse né Giulia né la Fermani avevano ben chiaro cosa si trovassero di fronte. Alan sapeva a cosa aveva pensato Ardenti vedendosi comparire sotto la terra quelle parole. Forse Umberto aveva capito già da qualche tempo. Forse la sua ossessione per la campagna di scavo sotto il Santa Maria della Scala era dovuta a quell'intuizione. E adesso la prova era di fronte agli occhi di Alan, in quella frase in latino incisa nella pietra dell'arcata:

HIC EXPTECTAT ALESSANDRIAE ARCANUM

«Qui attende il segreto di Alessandria» disse Giulia. «Lei sa a cosa si riferisce? Ardenti ha pensato subito a lei dopo la scoperta, ma lo ha detto soltanto a me, perché sembrava diventato sospettoso, anche nei confronti dei colleghi.»

«Sospettoso?» disse Alan ancora rapito da quelle parole, ma con lo sguardo che già si posava su quel piccolo sarcofago di pietra che si trovava al centro della cripta.

«Temeva una fuga di notizie, cosa abbastanza bizzarra in vista di una conferenza stampa. Non ne ho capito il motivo, ma ho deciso di muovermi come avrebbe fatto lui, rivolgendomi soltanto a lei. Un atteggiamento che, come avrà notato, non mi ha garantito la simpatia degli altri.»

«Sospettava di loro?» chiese Alan, dirigendosi verso il sarcofago.

«A dire il vero, sembrava sospettare di tutti.»

«Avete aperto questo sarcofago?» Ormai era come in trance, di fronte a quella cassa di pietra poco più grande di uno scrigno. Giulia spostò la pietra che era stata usata come coperchio. All'interno era vuoto.

«Qui dentro abbiamo trovato un bastone di legno.»

«Un bastone?»

«Lungo circa un metro e mezzo. Quello che la Fermani ha detto che hanno rubato al deposito» spiegò Giulia. «Era avvolto in una serie di bendaggi e infine in un tubo di cuoio che lo ha preservato dall'umidità. Non siamo riusciti a datare il tutto, però.»

«Quel bastone aveva delle scritte sopra? Simboli, qualche indicazione? Com'era fatto?»

«Aveva sopra degli strani simboli, una scritta arrotolata per tutta la sua lunghezza, contenuta all'interno della sagoma di un serpente. Lei sa di cosa stiamo parlando?»

«Quando è avvenuto il furto?»

«Lunedì, stiamo ancora facendo l'inventario.»

«Quindi, dopo la scoperta di questo bastone Ardenti è scomparso, il bastone è stato rubato e nessuno ha messo in relazione queste cose?»

«Il furto nel deposito è stato compiuto da qualche balordo che ha anche lasciato una siringa per terra. Ha rubato le monetine da un distributore di bibite. È stato un caso, secondo la polizia, se ha preso anche alcuni oggetti che si trovavano nella stanza assegnata all'equipe di Ardenti.»

«Però lei non pensa che sia stato un caso, non è vero?» disse Alan cercando altre indicazioni all'interno della cripta.

«No, come non penso che Ardenti abbia acquistato due biglietti per Parigi.»

«E cosa pensa allora?»

«Penso che lei possa aiutarmi a capire, partendo magari dallo spiegarmi cosa conteneva questa cripta. Perché sia lei sia Ardenti quando l'avete trovata avete avuto la medesima reazione.»

«Io invece penso che sia il caso di tornare in Questura e informare l'ispettore Darrigo di una parte di questa storia che ancora non conosce» disse Alan.

«Non lo faccia, la prego.» La voce di Giulia sembrava spaventata.

«Per quale motivo? Umberto compra dei biglietti per fingere una fuga romantica e qualcuno inscena un furto al deposito. Sa qual è la conclusione più logica del suo ragionamento?»

«Che il professore è scappato. È quello che stavo cercando di farle capire» disse Giulia.

«Non deve farlo capire a me, dobbiamo farlo capire alla polizia.»

«No.» Giulia era tesa. La sua voce sembrava sul punto di spezzarsi. «Umberto si è infilato in un casino.»

«Continui.»

Giulia socchiuse gli occhi e fece un respiro profondo, come prima di compiere un balzo. «I fondi della Sovrintendenza bastavano a mala pena a pagare gli scavi, Ardenti aveva bisogno di altri soldi per finanziare le sue ricerche.» Pescò un pacchetto di fazzoletti di carta dalla borsa. «Il professore si era legato a qualcuno che aveva i mezzi per finanziare tutto. Forse un collezionista o un mercante d'arte. Forse non del tutto in regola.»

«Un ricettatore?»

«Qualcuno che in ogni caso ha convinto Ardenti a fare qualcosa di illegale.»

«Cosa?»

«Ardenti lo ha detto soltanto a me, voglio capire se ha fatto cose che non avrebbe dovuto, prima di metterlo in guai ancora peggiori.» Giulia si asciugò un timido accenno di lacrime. Alan era esterrefatto. Ardenti legato ai criminali dell'arte, una cosa difficile da comprendere.

«Guai peggiori? Basta, Giulia, sono sicuro che Ardenti saprà spiegare quello che ha fatto, ma se davvero sta scappando da qualcuno come pensi di poterlo aiutare? Dobbiamo costringere Darrigo a rendersi conto di quanto è successo. Ma è possibile che nessuno lo capisca? E se non fosse stato lui a inscenare la fuga a Parigi?» Si incamminò verso la scala. «Andiamo in Questura.»

«Il bastone non è stato rubato.»

Alan si fermò. Fece un profondo respiro come per voler raccogliere tutta la sua pazienza residua. Poi parlò scandendo le parole come se stesse dettando un telegramma.

«Ascoltami Giulia. Non so che tipo di rapporto ci sia tra voi ma a quanto pare sei l'unica che abbia intuito la gravità della situazione. Lasciamo perdere i *professor Maier* e tutto il resto, perché è ufficialmente arrivato il momento in cui devi dirmi tutto quello che sai. Partiamo da questo accidente di bastone, è stato rubato o no?»

«C'è stato un blitz nel deposito, è vero. Ma il bastone non c'era.» Giulia si guardò intorno, poi riprese a parlare. «Ardenti lo aveva nascosto nel suo appartamento. È quello che stanno cercando. Ed è quello che voleva mostrarti.»

Alan doveva concedere ad Ardenti almeno il beneficio del dubbio. E capire cosa fosse successo, prima di rivolgersi alla polizia, avrebbe potuto risparmiare al professore un finale di carriera indegno.

«Vediamo questo bastone.»

6

L'appartamento di Ardenti era all'ultimo piano di un antico palazzo nobiliare. Giulia frugò nella borsa ed estrasse un mazzo di chiavi. Alan decise di non chiederle per quale motivo le avesse.

Giulia aprì la porta e lo invitò a seguirla.

L'enorme salone era rimasto identico dall'ultima volta che Alan c'era stato. Divani, poltrone, quadri, tavolini da fumo, centinaia di oggetti sparsi ovunque. Colori morbidi e caldi. Tutto illuminato da un'intera parete a vetro che dava sull'ampia terrazza. Là fuori avevano passato alcuni dei momenti più piacevoli di quel periodo, durante il quale Alan si era trasferito con Ardenti in quell'appartamento per lavorare alla loro nuova pubblicazione.

«Da questa parte.» La voce di Giulia lo richiamò al presente.

Si avviarono verso il corridoio sulla destra, l'ala padronale della casa, dove si trovava lo studio.

C'erano due scrivanie, una di fronte all'altra, con una finestra a lato.

Era lì che avevano lavorato Alan e Umberto. Nel mezzo, un tavolo più basso, che al tempo era servito per appoggiare i volumi di consultazione più frequente. Adesso, sopra c'era un mucchio di fotografie stampate in A4 e una borsa aperta, dentro la quale era sistemata una macchina fotografica digitale completa di accessori.

«È tua?» chiese Alan.

«La uso al cantiere per la tesi, è una passione che ho da quando ero piccola.»

Alan si avvicinò per osservare le foto, ma Giulia le arraffò in fretta e le sistemò in una cartella che infilò nella borsa della reflex.

«È meglio fare un po' d'ordine qua dentro» disse.

Alan si guardò intorno. Le pareti dello studio erano ricoperte di librerie stracolme di volumi. Una in particolare, chiusa da uno sportello di vetro, raccoglieva quelli di maggior valore. Sapeva che oltre quella lastra opaca c'era una copia delle *Nozze chimiche* identica a quella che si trovava nella sua soffitta veneziana.

«Il bastone è qui?»

«Mi ha detto che era nascosto nello studio, ma non credo di aver capito di preciso dove» ammise Giulia.

Alan appoggiò la giacca su una scrivania, quella che un tempo aveva usato lui. Un gesto in cui ritrovò un automatismo sopito. Si accorse solo in quel momento di una piccola cornice vuota sul tavolo che usava Ardenti. Si ricordava la fotografia che conteneva. Erano lui, con in bocca la sua pipa, concentrato in una posa alla Sherlock Holmes, e Umberto, che nel loro gioco di ruolo aveva rifiutato quello del dottor Watson preferendo quello del professor Moriarty. Era una foto scattata anni dopo il trasferimento di Alan a Venezia, il giorno dopo la sera in cui Umberto gli aveva parlato per la prima volta del progetto di un nuovo volume da scrivere insieme, che avrebbe dovuto presentarsi come il seguito ideale de *Il tesoro perduto di Alessandria*.

«La Fenice, Alan, il codice perduto per eccellenza» gli aveva detto Ardenti. Quella sera erano seduti nella terrazza dell'Enoteca in Fortezza ad ascoltare un trio jazz di fronte a due bicchieri di brandy con i quali Umberto aveva voluto suggellare l'idea da proporre all'amico, arrivato da Venezia per qualche giorno di svago tra osterie e digressioni esoteriche. «Noi abbiamo raccontato con dovizia di particolari cosa è stata Alessandria, ma potremmo andare avanti.» Si prendeva il tempo necessario per spiegare il suo piano, soffermandosi in quelle pause a effetto per consumare fino in fondo ogni colpo di scena e tenere alta la tensione.

«Le tracce di quel testo riaffiorano nella storia, pensa al Rinascimento» aveva detto Ardenti. «Pensa a come il mondo alessandrino ricompare nel *Corpus Hermeticum*, nel tributo alla dea Iside dell'*Hypnerotomachia Poliphili*. Pensa alle impronte che finiranno nella tradizione dei Rosacroce, pensa ai simboli che erediterà la Massoneria. E pensa a rintracciare in questa storia le tracce della Fenice e del suo valore.»

«Di quel manoscritto si sa poco o niente e i riferimenti di cui parli sono ipotesi azzardate.»

«Per questo ho bisogno di coinvolgerti.» Umberto si era avvicinato, parlando sottovoce come un carbonaro. «Voglio giocarci un po', guidare il lettore attraverso l'interpretazione delle tracce e del loro valore simbolico.»

Nei giorni che erano seguiti avevano approfondito il progetto, prendendo in esame un lungo elenco di scritti provenienti dall'area alessandrina. Contaminazioni, rielaborazioni, segni, indizi per un lavoro che sembrava lasciare troppo spazio a ipotesi indimostrabili. Ma erano entusiasti della nuova avventura, tanto che Holmes e Moriarty si erano immortalati in fotografia sulla terrazza del professore. Quella fotografia che Alan non aveva ritrovato nella sua cornice.

«Qualcosa non va?» disse Giulia riportando ancora una volta Alan al presente.

«Hai mai letto il *Conte di Montecristo*?» I ricordi portano sempre con sé altri ricordi. E quello che era riaffiorato nella mente di Alan era un piccolo segreto che Umberto un giorno aveva deciso di condividere con lui.

«Credo di non capire» disse Giulia.

Alan si avvicinò a un angolo della stanza. Passò in rassegna i libri che si trovavano su un piano, sfiorando le costole con le dita.

Si soffermò su un volume. Estrasse il libro, una vecchia edizione de *Il Conte di Montecristo*. Infilò la mano nel largo spazio lasciato vuoto. Girò la prima manopola portandola al primo numero della combinazione, poi fece lo stesso con la seconda e con la terza. Poi afferrò una maniglia e la tirò verso di sé.

E all'interno della stanza risuonò un rumore metallico.

7

Un attento esame della pianta dell'appartamento avrebbe potuto rivelare la presenza della *Camera dei Segreti*, come Ardenti, uno dei primi lettori dei romanzi di Harry Potter, aveva deciso di chiamarla. Il bagno che si trovava tra lo studio e una delle camere da letto era infatti meno profondo delle altre stanze. Ma quel bagno era usato solo da Ardenti: gli ospiti erano dirottati nell'altra ala dell'appartamento.

L'intera sezione della libreria adesso si era sbloccata e Alan la spostò come fosse una porta. Aprendola, si trovò di fronte la *Camera dei Segreti*.

Grande poco più di uno sgabuzzino, questa specie di cassaforte conteneva i libri più preziosi della collezione Ardenti, compresi alcuni manoscritti e codici di cui forse non tutte le istituzioni interessate erano al corrente.

Appoggiato a uno scaffale, al centro della stanza, l'involucro di cuoio di cui aveva parlato Giulia. Alan lo prese e lo portò fuori da quella specie di enorme cassaforte. Richiuse tutto e rimise al suo posto il romanzo di Dumas.

Tenendo l'involucro di cuoio in mano si avvicinò alla sua scrivania e ce lo appoggiò sopra. Lo srotolò, liberando al suo interno un bastone di legno chiaro lungo circa un metro e mezzo. In cima aveva l'impugnatura e lungo tutta la canna strani simboli si attorcigliavano inscritti nel profilo di un serpente.

«Non mi piacciono i serpenti» disse Giulia.

«In Egitto il serpente era un simbolo benefico, di protezione. I faraoni, per esempio, avevano un serpente sulla loro corona. Li proteggeva.»

«E in questo caso il serpente proteggerebbe...» Giulia esitò a dirlo.

«Il *Segreto di Alessandria*? Non ne ho idea.»

Alan osservava i simboli incisi sul bastone.

«Questi disegni...»

«Hanno un significato?» chiese Giulia.

«Escluderei un linguaggio convenzionale.» Occhi, serpenti, figure geometriche, animali stilizzati, alberi. «E la sequenza sembra del tutto casuale, nessuna combinazione ricorrente.»

«Il professore era convinto che nascondesse un messaggio.»

«Un messaggio? Questi ideogrammi non hanno alcun senso.»

«Eppure il professore ne era convinto.»

Alan riprese a fissare il bastone. Estrasse dalla sua giacca un piccolo quaderno per gli appunti e una penna. Appuntò qualcosa.

«Sono quasi le tre del pomeriggio» disse Giulia.

Alan iniziò a guardarsi intorno, cercando tra i libri sugli scaffali di Ardenti.

«Potrei approfittarne per preparare qualcosa da mangiare.»

Nessuna risposta. Alan prese un paio di volumi e li appoggiò sulla scrivania. Si mise a sedere e iniziò a sfogliarli.

«Così magari quando ti sei chiarito le idee puoi spiegare qualcosa anche a me, se non è di troppo disturbo.»

«Un messaggio nascosto… assurdo.»

«Alan!»

Alzò lo sguardo, sorpreso. «Scusami, dicevi qualcosa?»

«Penne con il pomodoro» disse Giulia affacciandosi nello studio con due piatti in mano. Alan riemerse da uno stato di semitrance. Aveva iniziato a ricopiare sul suo quaderno l'intera scritta che avvolgeva il bastone, cercando di ridisegnare in modo abbastanza fedele quegli strani ideogrammi.

«Hai preparato… che ore sono?»

«Ormai saranno le tre, io ho una fame che crepo.» Lo invitò a seguirla. Aveva apparecchiato in terrazza, con due tovagliette all'americana e una brocca di acqua. «Niente vino, devi lavorare.»

Si sedettero al tavolo e Giulia si occupò dei piatti. Alan versò da bere.

«Allora, hai già scoperto qualcosa?» gli chiese Giulia inforcando le prime penne dal piatto.

«Un primo elemento. Certo avere una datazione del bastone ci avrebbe aiutato, ma credo comunque che sia molto recente. E ho un'idea.»

«Cioè?»

«Premesso che l'insieme di quei simboli non riguarda alcun linguaggio conosciuto, è interessante seguire il modo in cui alcuni di loro si ripetono.»

Alan mostrò a Giulia la serie riportata sul suo quaderno.

«Penso che Ardenti si fosse convinto che sia una crittografia.»

«Una crittografia? Cioè una specie di linguaggio segreto...»

«Se così fosse, servirebbe una chiave. Una crittografia è una scrittura convenzionale segreta e può essere decifrata soltanto da chi conosce il codice per farlo.»

«Codice che ovviamente noi non conosciamo...»

«Non correre.»

«Lo conosciamo?»

«Il numero complessivo delle lettere.»

«Cos'ha?»

«Era un sistema molto usato in passato, per cui poi è stato abbandonato. Se non hai la possibilità di trasmettere un codice, devi in qualche modo renderlo desumibile dalla crittografia stessa. E il numero totale degli ideogrammi forniva la chiave per capire quali di essi dovevano essere presi in considerazione. Nel nostro caso i simboli disegnati lungo il bastone sono 54, alcuni dei quali si ripetono più volte per un totale di 369 ideogrammi.»

«Sono molti.»

«Sono troppi. Ma sono entrambi multipli di 9 e come tutti i multipli di 9 sommando tutte le cifre che li compongono, finché non ne rimane una sola, danno lo stesso risultato. Ovvero 9. E in più, 369 è chiaramente una progressione del numero 3. Il che ci riporta al 9 come multiplo di 3. Triadi divine, i gradi dell'alchimia...»

«E questo in che modo dovrebbe aiutarci?»

«Non ne ho la più pallida idea.»

Giulia appoggiò la forchetta sul piatto. Si abbandonò contro lo schienale della sedia e si portò una mano a sfiorarsi le tempie.

«Ma ho appena iniziato» riprese Alan.

«E cosa pensi di fare?»

«Come ti ho detto, quei simboli sono troppi. Dobbiamo semplificare la serie, trovare l'indicazione che ci serve per scremare quelli utilizzati per nascondere il messaggio e ottenere soltanto la serie che tradotta ci dirà qualcosa.»

Alan si guardò intorno, osservando i tetti delle case e in lontananza la Torre del Mangia. Il cielo era di un azzurro intenso. «Penso che lavorerò qui fuori, non capisco per quale motivo abbiamo lavorato per tanto tempo chiusi in quello studio.»

Dalla strada non era possibile vedere quanto stava accadendo sulla terrazza, ma l'uomo che aveva osservato Alan scendere dal treno, e che lo aveva riconosciuto in quella fotografia presa dallo studio di Ardenti, sapeva che il suo sorvegliato speciale si trovava lì, in compagnia della ragazza.

Seduto al tavolino di un bar con in mano una Lonely Planet stava interpretando il ruolo del turista.

Maier si trovava lì e stava studiando il misterioso bastone. Un enigma al quale avrebbe presto fornito risposte.

Come il Maestro aveva previsto.

8

Giulia era rimasta a osservare Alan mentre ricopiava sul quaderno i simboli trovati sul bastone. Si era seduta accanto a lui, che diffondeva nell'aria l'aroma dolciastro della pipa.

Dopo circa un'ora si spostò dal tavolino a una sedia a dondolo, all'ombra di una piccola veranda che si apriva sulla terrazza. Disse qualcosa sul rilassarsi qualche minuto. Alan la guardò togliersi le scarpe e massaggiarsi i piedi. Percepì la sua tensione e lasciò che si riposasse. Nel giro di pochi minuti il suo respiro si fece pesante.

Alan proseguì nel suo lavoro.

Aveva passato buona parte del pomeriggio a ricopiare quei simboli, quando avvertì un crampo alla mano che reggeva la penna. Si massaggiò il muscolo indolenzito.

Guardò verso Giulia: stava ancora dormendo.

La pipa era ormai spenta da tempo. Se la tolse dalle labbra e cercò qualcosa in cui riversare la cenere. Trovò una ciotola appoggiata su un mobile, vicino al tavolo. La prese e la portò alla sua postazione di lavoro.

Osservò i simboli sul quaderno, era come se ognuno di essi fosse una domanda alla quale non era ancora in grado di fornire risposte. La speranza che la serie di ideogrammi nascondesse un messaggio era l'unica che ancora gli lasciava intravedere una via aperta. Senza quella speranza, non avrebbe saputo cosa fare. Se ne era reso conto da subito e per questo aveva più volte scacciato, con la forza della volontà, il dubbio che quei segni non avessero alcun significato.

Appoggiò la ciotola sul tavolo e ci riversò dentro la cenere dal braciere della pipa.

Prese di nuovo il bastone. Il disegno del serpente, nel quale erano inscritti quegli strani simboli, era rivolto verso il basso. Un'anomalia, pensò: di solito il serpente veniva raffigurato con la testa rivolta verso l'alto. Osservò l'estremità del bastone, verso la quale il serpente sembrava dirigersi. Non aveva alcun segno di usura. E fu in quell'istante che fece una scoperta sorprendente.

I suoi movimenti bruschi svegliarono Giulia.

«Cosa succede, Alan?» gli chiese.

«Ho trovato qualcosa.» Appoggiò il quaderno per terra. Giulia lo osservò immergere due dita nella ciotola sul tavolo ed estrarle nere. Si avvicinò ad Alan e si rese conto che era la cenere della pipa. Alan passò le dita sul fondo del bastone. Poi afferrò il bastone come se avesse intenzione di andarci a passeggio e lo appoggiò sul foglio di carta. Passò il bastone a Giulia e si abbassò per riprendere il quaderno.

Usando la cenere come inchiostro, il bastone aveva lasciato una sorta di timbro sul foglio bianco. Erano cinque lettere, disposte a spazi irregolari lungo la circonferenza del tacco. C'era anche un simbolo, che entrambi riconobbero subito: il pentacolo.

Alan ricopiò sul quaderno le lettere, partendo proprio dalla stella a cinque punte, alla quale seguivano: R, N, H, E, R.

«Cosa significa?» chiese Giulia.

«Una stella a cinque punte e cinque lettere. Abbiamo bisogno di una connessione a internet, prova a cercare...»

Stava terminando la frase quando Giulia estrasse un note-book grande quanto un quaderno dalla sua borsa. La osservò mentre, dopo averlo acceso, attese il segnale della rete. «C'è una rete wireless non protetta in questa zona, l'ho usata spesso.»

In meno di un minuto il motore di ricerca di Google stava cercando quella parola.

«C'è una gran quantità di risultati per *RNHER*, come al solito» disse Giulia osservando il monitor con Alan accanto. «Ma a quanto pare niente che abbia un senso.»

«Manca qualcosa» disse Alan osservando il bastone. «Quegli spazi irregolari lasciati tra le lettere a cosa servono? Perché non sono tutte alla stessa distanza? Perché il pentacolo?»

«A cosa pensi che si riferisca?»

«Il pentacolo può avere molti significati, troppi per ottenere qualcosa di preciso. È un simbolo magico, nel medioevo veniva usato come sigillo protettivo contro demoni e streghe.»

«Pensavo fosse un simbolo satanico.»

«È un errore comune. In realtà è un simbolo più antico, a lungo ha significato il trionfo dello spirito sulla materia, dove le quattro punte rappresentano i quattro elementi e la quinta punta, quella in alto, rappresenta lo spirito, la Quintessenza, cose del genere.» Alan osservava le lettere impresse sul quaderno. Le ricalcò a penna. «Gli spazi irregolari tra queste lettere, però, non li capisco. Sembra quasi che la parola sia incompleta, ma all'altra estremità del bastone c'è solo un'impugnatura che...» mentre parlava trovò il punto esatto che stava cercando. E con una leggera pressione, svitò l'impugnatura del bastone, che a quel punto divenne un tubo perfetto.

Sull'altra estremità, quella che prima era coperta dall'impugnatura, venne alla luce una seconda serie di lettere e un secondo pentacolo. Senza dire mezza parola, Alan tornò a sporcarsi le dita di cenere per passarle sulla circonferenza del tubo. Rimise a terra il quaderno, girò il bastone e facendo coincidere il nuovo pentacolo con il primo impresse il secondo timbro sopra quello precedente.

La manovra aggiunse altre cinque lettere a quelle di prima. Adesso gli spazi tra le dieci lettere erano regolari e la serie completa che ne uscì, preceduta dal pentagramma, era:

A R I N G H I E R I

«Torna su Google, Giulia. Potremmo aver trovato un nome.»

«Troppi risultati senza senso per *ARINGHIERI*, dobbiamo raffinare la ricerca» disse Giulia dopo qualche secondo.

«Aggiungi *Siena*.»

«Ci siamo. Ho trovato qualcosa.» Alan si avvicinò allo schermo. «Era una potente famiglia di Siena.» Giulia parlava scorrendo i vari siti indicati dal motore di ricerca. «Qui dice che erano originari di Casole d'Elsa, dove si trova la tomba di un loro antenato. Ma che fu una famiglia importante nella storia di Siena. Dice che nell'arco di diversi secoli commissionò molte opere in città. Vuoi che ti stampi una lista?»

«Sono ancora troppe informazioni, proviamo a raffinare ancora.»

«Cosa aggiungo?»

«Tentiamo un colpo di fortuna. Prova *Aringhieri and Siena and Alessandria*. O la va o la spacca.»

Dopo pochi secondi apparve sul monitor la schermata con il risultato della ricerca.

«Qui c'è qualcosa. È un numero di una rivista che si chiama *Hiram*.»

«È la rivista del Grande Oriente d'Italia. Cosa c'entra la massoneria?» chiese Alan, guardando il punto che indicava Giulia.

«Parla di un certo Alberto Aringhieri, un cavaliere di Rodi, che ha commissionato opere importanti all'interno del Duomo, di cui è stato operaio.»

«Vuol dire che ha diretto l'opera. Doveva essere un pezzo grosso se gli hanno affidato una cosa del genere. In che periodo?»

«Alla fine del Quattrocento. Nel 1505 non era già più direttore dei lavori, ma commissionò ugualmente un'ultima opera al Pinturicchio, il disegno di una tarsia per il pavimento del Duomo che fu poi realizzata da Paolo Mannucci nel 1506. È conosciuta come *Il Monte della Saggezza*. Qui dicono che nasconderebbe significati occulti legati all'esoterismo. A quanto pare Pinturicchio dovette sospendere i lavori che stava eseguendo per i dipinti della Biblioteca Piccolomini, commissionati dalla famiglia di Pio II, per accontentare Aringhieri.»

«Da qualche parte deve esserci anche la parola Alessandria» disse Alan. «Ferma.» All'improvviso bloccò le dita di Giulia, che muovendosi sul touchpad continuavano a scorrere le pagine della rivista massonica. Alan cliccò sullo zoom per ingrandire il testo. Finché il passaggio dell'articolo che stavano leggendo arrivò a riempire quasi il monitor del piccolo notebook.

Tra le opere commissionate da Aringhieri per il Duomo c'era anche la tarsia raffigurante Ermete Trismegisto, il sacerdote filosofo identificato con il dio egizio Thot, l'Hermes greco, le cui opere si consideravano custodite nella Biblioteca di Alessandria.

«Stampa tutto Giulia, non sono ancora le sei e abbiamo in programma una visita guidata al Duomo di Siena.»

L'uomo con la camicia a fiori era ancora seduto al bar. Aveva davanti tre bicchieri vuoti e la solita Lonely Planet, quando vide passare i suoi sorvegliati speciali a passo svelto.

Il professore aveva un rotolo di fogli infilato nella tasca della giacca.

Il cameriere che lo aveva servito rimase sorpreso da quello strano turista che era rimasto fino a quel momento seduto al tavolo a leggere per ore la sua guida e poi, tutto insieme, si era alzato di corsa lasciando cinquanta euro sul tavolino.

«Ha visto un fantasma?» chiese alla collega che fumava una sigaretta sulla porta.

Nessuno dei due, però, si accorse di un secondo uomo. Senza dubbio più discreto nei movimenti, che era appena uscito da un raffinato negozio di abbigliamento e si era messo a seguire il turista

Una figura distinta, in camicia bianca e giacca blu. Si era incamminato dietro agli altri, quando pescò il telefonino dalla tasca della giacca e compose un numero.

«Si sono mossi. Continuo a seguirli» disse appena scattò la chiamata.

«Sono tutti?» chiese un'anziana e morbida voce femminile, all'altro capo del telefono.

«Sì, sono tutti. Stanno andando a passo piuttosto svelto. Penso che abbia scoperto qualcosa.»

«Non perderli di vista. E sta attento all'uomo che li sta seguendo, perché ancora dobbiamo capire chi c'è dietro.»

«Va bene» disse l'uomo con la giacca blu, prima di riagganciare.

Dall'altra parte della comunicazione, una mano curata, impreziosita da anelli principeschi, appoggiò la cornetta di un vecchio telefono nero, stile primi del Novecento. La donna si allontanò dalla scrivania di mogano antico facendo forza sulle ruote della sedia per disabili. E con una rapida manovra si avvicinò alla finestra che si affacciava sulla distesa del suo parco privato.

«Alan Maier è tornato a Siena, alla fine» disse tra sé.

9

Ermete Trismegisto sembrava accogliere i fedeli all'ingresso della cattedrale di Santa Maria Assunta.

Era stato raffigurato nell'aspetto di un vecchio saggio, con una lunga barba, nell'atto di donare un libro ad alcune persone che dall'abbigliamento venivano di solito considerate egiziani.

Era la prima tarsia, in ordine di ingresso, commissionata da Alberto Aringhieri. Giulia e Alan avevano acquistato, in un piccolo shop allestito vicino alla biglietteria, un volume dedicato alla cattedrale. Come due turisti, mescolati tra una folla che sistematicamente violava il divieto di usare flash all'interno della cattedrale, Alan si guardava intorno e Giulia sfogliava il libro, cercando informazioni su tutto quello che si trovavano di fronte.

Trismegisto sembrava ad Alan un punto di inizio.

«La tarsia di Ermete è stata eseguita da Giovanni Di Stefano nel quindicesimo secolo, su commissione di Alberto Aringhieri» disse Giulia riportando quanto scritto nel volume appena acquistato. «Sotto il nome di Ermete Trismegisto si sviluppò una vastissima produzione letteraria in greco, sui temi della cosmologia, astrologia e scienze occulte. Tutte queste opere compongono il *Corpus Hermeticum*. Per l'uomo del Rinascimento, Ermete era una figura reale.»

«Era un mito» disse Alan, rapito dalla bellezza della tarsia e dall'incredibile contesto in cui si trovava: una chiesa cristiana. «Era stato identificato con il dio egizio della scrittura,

Thot. Infatti, come puoi vedere, in questa tarsia sta donando un libro, un simbolo. La nascita della scrittura è di solito considerata il momento di passaggio dalla preistoria alla storia. È il momento in cui il pensiero dell'uomo acquista il dono dell'immortalità.»

«Hermes è un nome greco, però» disse Giulia.

«È il nome greco del dio della scrittura. Buona parte della cosmogonia greca deriva da quella egizia, molte contaminazioni sono ancora evidenti. Per i romani si chiamerà Mercurio, ma è sempre la stessa figura.»

«E Trismegisto?» chiese Giulia.

«Tre volte grande. Grande sacerdote, grande filosofo e grande alchimista, secondo quanto gli sarà attribuito in seguito, quando il pensiero cristiano, imponendo la sua visione monoteista, di fatto negò l'esistenza di altre divinità. Per questo Ermete da dio divenne un uomo.»

«Ma le cose non stanno neppure così, vero?»

«Un po' come per Omero, è difficile che a quei tempi una sola persona riuscisse a scrivere tutte quelle cose. È più probabile che fosse in realtà un gruppo di persone che, anziché usare il proprio nome, ne scelse uno collettivo. E come accade di solito in questi casi, un nome collettivo può essere usato da chiunque, diventa *open source*.»

«Un po' come Luther Blissett.»

«Esatto» annuì Alan. «Datare le opere di Ermete è sempre stata un'attività sulla quale si sono ingegnati in molti. C'è chi le ha fissate a prima della nascita di Cristo, c'è chi ha negato che potessero risalire a prima del quarto secolo dopo Cristo. Ma non esistono più gli originali, è questo il problema.»

Alan si spostò dalla tarsia, per far posto a un gruppo di persone armate di macchinetta fotografica che si stava lamentando dell'eccessiva permanenza di quei due di fronte all'opera. Brontolando, il gruppo conquistò la postazione, dalla quale riuscì a scattare innumerevoli fotografie.

Alan e Giulia si avvicinarono a una panca e si misero a sedere.

«Se, però, consideriamo il nome di Ermete come un marchio» riprese Alan «tutta la storia della datazione perde significato. Poiché alcuni scritti potrebbero essere molto più antichi di altri, alcuni più recenti potrebbero in realtà essere copie o rielaborazioni di originali più antichi. Negli anni Cinquanta sono stati scoperti degli scritti a Nag Hammadi, alcuni dei quali potrebbero essere attribuiti proprio a quel laboratorio culturale noto con il nome di Ermete Trismegisto. Il fatto è che alcuni di questi scritti sembrano addirittura precedenti a Cristo, o almeno copie di documenti più antichi. Al tempo una copia era ritenuta più preziosa dell'originale, perché più curata, per cui è facile che con l'originale ci venisse incartato il pesce. Più o meno anche con la Bibbia è successa la stessa cosa.»

All'interno del Duomo l'aria era fresca. Alan indossò la sua giacca leggera e prese la pipa dalla tasca.

«Andiamo avanti» disse Giulia, alzandosi dalla panca. Aprì il libro e riprese a leggere. «Qui dice che il pavimento delle navate è ricoperto dalla *Teoria delle dieci sibille*. Sono dieci tarsie, tutte commissionate da Aringhieri, che raffigurano le sibille, esseri intermediari tra l'uomo e la divinità, e le loro profezie. Il testo delle iscrizioni, però, è opera di Lattanzio, che è considerato uno dei padri della chiesa latina.»

«Paganesimo e cristianesimo delle origini» rifletté Alan. «A quanto pare l'intero percorso ideale formato dal pavimento della cattedrale rappresenta il cammino dell'uomo dalle origini della scrittura fino alla rivelazione di Cristo.»

«Qui sostiene che alcuni dei lavori commissionati da Aringhieri siano ricchi di messaggi nascosti.»

«Aspetta, penso che siamo arrivati a destinazione» disse Alan indicando una tarsia che si trovava proprio al centro della navata.

Giulia sfogliò rapidamente il suo volume, finché non raggiunse la pagina che stava cercando. «Ci siamo, questa è *Il Monte della Saggezza* di cui parlava la rivista massonica.»

Alan stava già studiando la complessa raffigurazione dell'opera.

10

«Al centro del disegno un gruppo di dieci uomini, appena sbarcato, si trova su un sentiero che sale sul monte, alla sommità del quale c'è una donna seduta, che porge un libro al filosofo Cratete, ritratto alla sua sinistra mentre getta via le ricchezze contenute in uno scrigno.» Giulia continuava a leggere le informazioni dal libro che avevano comprato nello shop. «La donna, che personifica la Saggezza, porge allo stesso tempo una palma a Socrate, che si trova alla sua destra e che è la figura con la quale si conclude il sentiero. L'iscrizione invita gli uomini a salire sul monte per ricevere la palma che dà la serenità. I primi due uomini del gruppo hanno già accolto l'invito e si sono incamminati, mentre gli altri sembrano ancora incerti.»

Alan continuava a fissare la tarsia. «Secondo quanto diceva la rivista massonica questo disegno sarebbe costellato di messaggi occulti» disse. «Ma ovviamente l'autore si guarda bene dal dire a cosa si riferisce.»

Indicò la figura femminile che si trovava sulla destra, all'inizio del sentiero.

«A quanto pare questi uomini sono stati portati qui da questa donna, che ha un piede appoggiato sulla barca con la quale potrebbe averli trasportati e l'altro su una sfera, come a significare un'estrema instabilità» disse Alan, riflettendo ad alta voce. «Questa donna potrebbe essere la Fortuna, che ha portato i dieci saggi sul cammino che porta alla Saggezza. Come vedi ha in mano una cornucopia, che nella mitologia greca è il corno perduto dal fiume Acheloo, considerato una divinità, mentre si contende i favori di Deianira contro Ercole. Secondo il mito le Naiadi lo avrebbero poi riempito di fiori e di frutta, come simbolo dell'abbondanza.»

Alan aggirò la tarsia per avvicinarsi alla parte superiore. «Fortuna e abbondanza» ripeté a bassa voce. «Ottimi auspici.» Non molto distante vide di nuovo il gruppo di prima, i cui componenti lo stavano fissando stringendo minacciosi le macchinette fotografiche. Presto sarebbero arrivati da loro.

«Cratete non è di certo una figura di primo piano» proseguì Alan. «Qui è ritratto mentre getta via le sue ricchezze e per questo riceve il libro dalle mani della Saggezza. Monili e monete d'oro non sembrano essere quel tipo di fortuna e abbondanza che la donna posta all'inizio di questo percorso promette. Un richiamo al pauperismo?» Alan tracciò con la mano il percorso del sentiero, che terminava con Socrate, sul quale si soffermò chinandosi a terra per osservarlo con maggiore attenzione. «Socrate è al contrario un personaggio molto noto e di fatti non ha bisogno di compiere alcun gesto per ricevere la palma, il dono finale.»

«La palma non è il simbolo del martirio?» chiese Giulia.

«Per i cristiani sì, e in questo caso è piuttosto bizzarro che all'interno di una chiesa sia offerta a un filosofo che morì suicida.»

«Il suicidio è considerato un peccato terribile.»

«C'è stata una corrente del cristianesimo che non la pensava in questo modo, i Catari. Loro erano convinti che tutto ciò che esisteva di materiale fosse opera di un dio cattivo, mentre tutto ciò che c'era di spirituale fosse opera di un dio buono. Per cui, il suicidio era visto come un atto d'amore, come il mezzo supremo per sconfiggere il dio cattivo.»

«Suicidi collettivi?»

«In realtà furono massacrati come eretici. Furono impiegati sessant'anni, nel corso del milleduecento. La prima e unica crociata indetta su terra europea.» Indicando il profilo del *Monte della Saggezza*, Alan aggiunse «Tra l'altro il profilo di questo monte ricorda molto quello di Montsegur, l'ultima fortezza dei Catari. Assediati da undici mesi, quando i francesi con le insegne di Santa Madre Chiesa fecero la loro ultima offerta, essi rifiutarono e preferirono morire anziché convertirsi. La leggenda dice che uno per uno salirono sul rogo cantando una loro canzone.» Giulia sembrava non capire dove quel discorso li avrebbe portati. «Accettarono di bere la cicuta pur di non ritrattare le loro idee» le spiegò Alan, indicando Socrate.

«Quindi questa tarsia avrebbe significati eretici?»

«Vediamo» proseguì Alan spostandosi di nuovo alla base del disegno. Stava studiando.

«Sul sentiero ci sono tartarughe, serpenti e salamandre» disse indicando alcune figure.

«Questo è un problema?»

«I rettili sono creature che cercano la luce. Sembra che la loro presenza stia qui a significare che il percorso porta a un'illuminazione. Come fosse un percorso iniziatico.»

«Un labirinto?»

«Hai presente la *Tabula Cebetis*?»

«No, direi proprio di no. È grave?»

«È un disegno che raffigura un percorso a spirale, una forma simile a quella di un serpente. Rappresenta un cammino iniziatico. Partendo dalla prima posizione si procede affrontando prove che si trovano lungo il cammino fino all'illuminazione finale. Anche nel caso della nostra tarsia, il sentiero procede in una spirale che sembra condurre a un premio finale.»

«La palma? Lo scopo di questo percorso è il martirio?»

«La palma simboleggia il martirio per i cristiani, ma prima aveva un altro significato. Qualcosa che potrebbe farci finalmente arrivare a un collegamento con Alessandria.»

«E hai intenzione di dirmelo prima o poi?»

«In pratica...» cominciò a dire Alan, ma si bloccò subito. Lo sguardo cadde su un particolare del disegno.

«Che idiota» si limitò a sussurrare.

Giulia si avvicinò e cercò di capire, osservando la direzione degli occhi di Alan. Guardò nello stesso punto, sulla tarsia. Sfogliò il libro dello shop. Poi lesse ad alta voce un passaggio. «Qui dice che secondo un certo Alessandro Angelini, i due personaggi che si stanno distaccando dal gruppo sarebbero Pandolfo Petrucci, davanti, e Alberto Aringhieri, poco dopo, che ha in mano un bastone.»

Quelle ultime parole le lesse indicando il bastone al quale si appoggiava l'uomo ritratto dal Pinturicchio, Aringhieri, colui che aveva commissionato l'opera.

Il gruppo delle macchinette fotografiche li aveva raggiunti di nuovo, reclamando il proprio diritto a stazionare di fronte alla tarsia per scattare le foto. Alan e Giulia dovettero allontanarsi.

«Sul bastone di Ardenti hai trovato una scritta, il nome di Aringhieri, che è l'uomo che ha commissionato questa tarsia nella quale è ritratto con un bastone identico a quello.» Giulia era euforica. Finalmente qualcosa in tutta quella storia cominciava a tornare. «Il saggio che percorre il sentiero verso la palma si aiuta con il bastone, Alan. Il nostro bastone deve fare altrettanto, deve indicarci la via per raggiungere...»

Alan aveva lo sguardo distratto.

«Cosa significa la palma?» gli chiese Giulia.

Alan guardò l'orologio, erano le otto passate e aveva assunto di nuovo l'espressione stordita di quando era immerso nei suoi pensieri. «Dobbiamo rimettere insieme tutti i pezzi di questo mosaico, comincio a capire quale sia la figura finale, Giulia. Ma è tutto molto complicato. E assurdo.» Si portò la pipa alle labbra. «Penso che Umberto si fosse convinto di aver trovato qui a Siena risposte a domande che hanno atteso da molto tempo.»

«Di cosa stai parlando? Che cosa è quella palma?»

«Come per Ermete Trismegisto, anche questa storia è scritta in greco, Giulia. Sai come si dice palma in greco?»

«Ovviamente no, professore.»

«Si dice *phoenix*.»

«*Phoenix*? Ma sembra...»

«Sì, Giulia. Sembra proprio quello. La Fenice.» Alan si fermò sull'uscita e voltandosi si rivolse un'ultima volta all'interno del Duomo. «La Fenice, l'uccello sacro per gli antichi egizi, che per i greci rappresenta l'eterna rigenerazione, rinascendo dalle proprie ceneri ogni mille anni. Il mito della Resurrezione.»

11

«Il *Codice della Fenice* avrebbe dovuto essere l'argomento del libro che io e Umberto avremmo dovuto scrivere insieme.»

Alan interruppe il silenzio, parlando di fronte a un bicchiere di birra, dopo che il cameriere ebbe portato via i piatti vuoti. Si erano seduti in una pizzeria all'aperto, sotto la basilica di San Domenico. Alan aveva avuto bisogno di camminare per ricapitolare tutto e presentarlo a Giulia in termini comprensibili. Avevano ordinato due pizze e due birre, e per tutto il tempo Alan era rimasto a fissare la splendida vista che si apriva di fronte a loro. Le case si arrampicavano sul colle, alla cui sommità una luce ormai crepuscolare arrossava il marmo del Duomo.

Giulia aspettava la spiegazione.

«Tutto parte da Alessandria d'Egitto, la patria del nostro Ermete Trismegisto» riprese Alan finendo il boccale di birra. «Una città magnifica, uno splendore mai eguagliato. Un gran viaggiatore dell'epoca, un certo Diodoro Siculo, la definì la prima città del mondo civile. Circa 700 mila abitanti, strade, acqua corrente, palazzi rivestiti di marmo, terme. Pensa che sull'isola di Faro, davanti alla costa, si alzava una torre alta 135 metri ricoperta di marmo, con colonne di granito. Grazie a un gioco di specchi la sua luce era visibile già a 50 chilometri. Un'immensa polis greca che sorgeva sotto il sole d'Africa.»

«Greca?»

«Alessandro Magno liberò la città dalla dominazione persiana tre secoli prima della nascita di Cristo. Quando i suoi generali si spartirono l'impero, Alessandria rimase sotto Tolomeo I, che dette inizio alla dinastia Tolemaica, andata avanti per tre secoli, mischiando la cultura egizia a quella greca e a quella persiana, anche se l'elite intellettuale rimase sempre ellenica. Fino a quando l'ultimo esponente della dinastia fu sconfitto dall'espansionismo romano.»

«Dovrei conoscerlo?»

«Direi di sì, era Cleopatra, solo che come molti sarai abituata a pensarla egiziana. Invece, la sua famiglia era macedone. Ti ricorderai la storia, anche lei si tolse la vita con il veleno pur di non soggiacere al dominio di Roma quando Ottaviano sconfisse la flotta di Marco Antonio.»

«Un altro suicidio.»

«L'Egitto a quel punto divenne una provincia di Roma. Ma sotto la dinastia Tolemaica, Alessandria aveva attirato saggi, filosofi, studiosi, scienziati e letterati da ogni parte del mondo. E il suo vero tesoro era la biblioteca.»

«Quella che venne distrutta da un incendio.»

«Di incendi ce ne sono stati più di uno. Il primo colpo lo subì all'arrivo di Cesare, il secondo per mano dei cristiani e il terzo per mano dei musulmani. Comunque, all'inizio era divisa in due sedi e si dice che fosse arrivata a contenere qualcosa come cinquecentomila rotoli. La maggior parte del materiale era ovviamente scritto in greco, ma acquistando libri da ogni parte del mondo era diventata il centro culturale più importante di quel tempo. Pensa che ogni nave che trasportava rotoli, ovvero libri, era obbligata a farne fare una copia dagli scribi della biblioteca. La più vasta fonte di sapere nella storia dell'umanità.»

«Il paradiso di uno studioso...»

«Tra gli studenti che lavoravano ad Alessandria c'era gente come il matematico Euclide, quell'Eratostene che per primo parlò della sfericità della Terra, per l'appunto l'astronomo Tolomeo, il medico Galeno, lo storico Manetone, maestri del pensiero gnostico come Valentino e Basilide, filosofi come Plotino, Procolo e Filone.»

«Sono sicura che prima o poi arriverai a spiegarmi cosa c'entra tutto questo con Umberto.»

Alan chiamò il cameriere e si fece portare due caffè e due bicchieri di amaro, per gustarsi fino alla fine della storia quel magnifico paesaggio, un mosaico di piccole finestre che una ad una si accendevano, mentre la notte calava sulla città.

«Il *Corpus Hermeticum* nasce in questo contesto. Oggi raccoglie la maggior parte dei testi attribuiti a Ermete, ma è un guazzabuglio di dottrine confuse, sul quale gli appassionati di occultismo hanno perso la vista» disse toccandosi gli occhiali. «Il fatto è che tutta quella roba è incompleta.»

«Che vuol dire?»

«Vuol dire che mancano alcune parti, come provano numerosi riferimenti a manoscritti inizialmente attribuiti a Ermete ma poi scomparsi.»

«E il *Codice della Fenice* è uno di questi?»

«È probabile.»

«Probabile?»

«Umberto ne è assolutamente sicuro, ovvio. Ma si tratta di ipotesi, perché a tutti gli effetti di quel manoscritto non esiste mezzo frammento. È possibile ricostruirne parte del contenuto attraverso citazioni e rimandi, ma materialmente non abbiamo niente.»

«Ma cosa conteneva, secondo Umberto?»

«Buona parte degli scritti ermetici sono trattazioni di studiosi greci che riprendono temi e miti egiziani antichi. Alcuni di questi sono sotto forma di dialogo. Si presume, ma ti ripeto che siamo nel campo della pura ipotesi, che esistesse uno scritto in cui gli autori descrivevano, forse anche in questo caso sotto forma di dialogo tra due persone immaginarie, alcuni culti dell'epoca, alcuni più antichi, tracciando una serie di simmetrie tra di essi alla ricerca di una fonte comune. Ovvero, un culto ancora più antico al quale i successivi si sarebbero ispirati. E sempre secondo questa teoria, nello scritto sarebbero presenti delle prove inconfutabili di tutto questo. A partire dal primo elemento che accomuna tutte quelle divinità prese in considerazione.»

«Quale?»

«Come la Fenice, sono tutti morti e risorti.»

«Morti e risorti? Vuoi dire come...»

«Torniamo in Egitto» la interruppe Alan. «Con la conquista romana sono sorti i primi attriti. Alessandria era anche un punto di fuga per gli ebrei che si opponevano al dominio di Roma in Galilea e Giudea. E quando Roma conquistò Alessandria, gli ebrei non furono visti di buon occhio. Tanto che molti di loro decisero di lasciare l'Egitto per tornare a combattere in patria. È stato forse qualcuno di questi a portare via dalla biblioteca quegli scritti che saranno ritrovati, originali o ricopiati, a Nag Hammadi, per esempio. Ed è stato forse qualcuno di questi scritti ad aver influenzato il pensiero di certi altri ebrei.»

«Che intendi? In che modo avrebbe influenzato chi?»

«Primo tra tutti, diciamo un certo Shaul.»

«Lo conosco con un altro nome, vero?»

«Paolo di Tarso.»

«San Paolo? Quello delle lettere agli apostoli?» Giulia cambiò posizione sulla sedia.

«Forse è il caso di fare un passo indietro, o meglio un po' più verso Est.» Alan finì l'amaro, guardò l'orologio e se ne fece portare un altro. «Dimentica per un momento tutto quello che hai imparato finora a catechismo. E cerca di assumere un'ottica storica su quanto stiamo per dire.»

«Mi sforzerò.»

«Dobbiamo parlare di un maestro, un rabbi ebreo. Un certo Yehoshua Ben Yosef.»

«Credo di sapere chi sia.»

«Gesù figlio di Giuseppe.»

12

I bicchieri di amaro erano arrivati a tre. I tavoli attorno a loro si erano svuotati, ma gli ultimi clienti della serata erano arrivati da poco, concedendo a Giulia e Alan ancora del tempo per parlare.

«Cominciamo a dire che Giovanni il Battista era un maestro ebreo, un rabbi, e che probabilmente, come il rito del battesimo sembra suggerire, proveniva dalla scuola essena, che già lo praticava.»

«Ho sentito parlare di questi Esseni, quelli dei rotoli di Qumran.»

«Come saprai gli ebrei erano divisi tra Farisei e Sadducei, che erano i collusi con i romani, gli Zeloti, ovvero i nazionalisti rivoluzionari antiromani, e gli Esseni, che erano una specie di monaci con una loro regola e tutto il resto. Alcuni vivevano a Qumran, dove sono stati ritrovati i rotoli che parlano della loro comunità.» Alan finì il terzo amaro. «Giovanni si accorge che vivere su quelle montagne non sarebbe servito a molto per il resto del popolo ebraico, così scende e comincia a predicare per convincere gli ebrei a tornare a sentirsi ebrei. E se la prende con i Farisei, che si stavano romanizzando. Insomma, si sposta insieme ai suoi discepoli, tra cui il nostro Yehoshua Ben Yossef.»

«Gesù.»

«Quando Giovanni viene ucciso per le sue idee, ritenute pericolose da Erode che con i romani andava molto d'accordo e non avrebbe preso bene una rivolta, Gesù decide di portare avanti la sua predicazione. E di portarla a Gerusalemme. È un maestro anche lui, un rabbi che vuole richiamare gli ebrei al loro antico patto con Dio.»

«Non ci avevo mai pensato, ma in effetti Gesù era un ebreo.»

«E non ha mai detto di voler fondare una nuova religione. Contestualizzando la sua figura nel tempo e negli ambienti in cui ha vissuto, probabilmente non ha mai detto la maggior parte delle cose che gli sono state attribuite.»

«Cioè, secondo questa tua teoria, gli evangelisti si sarebbero inventati tutto?»

«Non è la mia teoria. È la teoria di chiunque si avvicini a questo argomento con strumenti storici. Non a caso la Chiesa ha sempre condannato simili tipi di approccio al tema di Cristo, ribadendo ogni volta che i vangeli sono l'unica fonte attendibile. Ma i vangeli sono stati scritti da varie scuole che tra l'altro non andavano molto d'accordo tra loro. Alcuni pezzi sono stati tolti, altri sono stati aggiunti. La parabola dell'adultera nel vangelo di Luca, hai presente, 'Chi è senza peccato scagli la prima pietra'?»

«Ho presente.»

«Non c'era, è stata messa dopo. Questo per farti un'idea.»

«Ma perché?»

«Perché dopo la caduta di Gerusalemme, al termine dei moti rivoluzionari che si scatenano proprio dopo il periodo in cui predica Gesù, l'ebraismo è a un bivio. Alcuni gruppi scelgono la via rabbinica, confermando il loro collegamento con la Legge e con i profeti che poi comporranno il canone del

Vecchio Testamento, mentre un'altra corrente decide di rivolgersi non più soltanto agli ebrei. Ovvio, la Bibbia parla di un patto tra Dio e i figli di Abramo, quindi a questi serviva una rottura. Una svolta. E siccome la predicazione di Gesù ha lasciato un segno profondo, ecco che quel maestro ebreo diventa il Cristo.»

«Sa di blasfemo.»

«Paolo di Tarso si rende conto di dover costruire un mito. Se vuole che si formino parrocchie ovunque non può limitarsi al messaggio di un rabbino, perché in occidente la gente ha altre culture, altre aspettative di fronte alla religione. È necessario che quel maestro diventi un Dio in tutto e per tutto. Che cammini sulle acque. E su quale cardine decide di impiantare l'edificazione della sua nuova religione?»

«Sulla resurrezione.»

«Proprio così. Prendendola in prestito dai vari culti che già esistevano nell'area del Mediterraneo tra il mondo greco, egiziano e romano. Ovvero quei culti che un qualche gruppo di anonimi ha raccolto nel *Codice della Fenice*, il trattato di Ermete Trismegisto sulla Resurrezione.»

«Se quel manoscritto esiste, voglio dire se contiene tutte queste cose, sarebbe in pratica la prova che tutta la dottrina cristiana non è altro che un plagio?»

«Bella domanda. Prendi il dio Mithra, per esempio. Un culto che nasce in Persia migliaia di anni prima di Cristo. Poi attraverso tutto quello che abbiamo detto prima arriva in quel centro assoluto del mondo che era Alessandria, magari portato da un conquistatore o da uno schiavo, magari da un mercante, magari da un testo andato perduto. Ebbene, Mithra da lì arriva a Roma. Molte chiese romane oggi sorgono su antichi templi dedicati a Mithra, che ha molto altro in comune con Cristo, per esempio il rito dell'eucarestia.»

«Ma è assurdo, se così fosse perché nessuno lo saprebbe?»

«Della figura di questa divinità rimangono frammenti, notizie sparse qua e là. È questo l'aspetto poco chiaro. In pratica non si capisce come uno dei culti più diffusi dell'antichità sia scomparso e ne sia scomparso ogni documento. Sappiamo molto di più delle divinità Maya venerate dall'altra parte dell'oceano da tribù che con la nostra storia non hanno niente a che fare e non hanno mai avuto un gran rapporto con la scrittura.»

«E ovviamente c'è un motivo per tutto questo.»

«Ovviamente. Mithra, tra le altre cose, si incarna nel ventre di una vergine e 33 anni dopo resuscita dalla morte tornando in cielo. Secondo i calcoli sul calendario dell'epoca, la sua nascita era festeggiata in quello che oggi è il 25 dicembre. A quanto pare al momento della nascita riceve in dono da tre pastori oro, incenso e mirra. Insomma, sembra di poter dire che se non esistono documenti è perché per cancellare il plagio è stato cancellato l'originale.»

«E ci sarebbero altre divinità che…»

«L'egiziano Horus, e qui la cosa è molto complessa. È forse la divinità più vicina alla fonte che sarebbe ricostruita negli scritti della Fenice. La sua nascita è annunciata alla madre, Iside, da Thot, che le dice anche che partorirà vergine. Anche lui nasce in una grotta il 25 dicembre, annunciato da una stella. Anche per lui ad adorarlo arrivano dei pastori insieme a tre saggi che gli offrono in dono oro, incenso e mirra. Da bambino insegna in un tempio e a quanto pare ha 12 discepoli. È in grado di fare magie come resuscitare i morti e camminare sulle acque. È menzionato con diversi nomi, tra cui l'Unto Figlio di Dio e il Buon Pastore. Ovviamente risorge dal Regno dei morti e per finire insieme a Iside e Osiride completa la trinità egizia.»

«È impressionante. E avrebbero tutti un'origine comune?»

«Un sorta di divinità primordiale.»

«Sento che sta per arrivare il colpo di scena.»

«Immagina di essere una donna di migliaia e migliaia di anni fa. La tua vita è legata al raccolto, al fuoco, al calore, alla luce. La notte è fredda e popolata da paure e creature malvagie. A cosa indirizzeresti le tue preghiere?»

«Pensi di dirmelo, prima o poi?»

«Al Sole, Giulia.»

«Il Sole…»

«Pensaci, il Sole muore e risorge ogni giorno. E ci sono molte altre analogie.»

«Quindi vorresti dire che la figura di Gesù sarebbe ispirata a un antico culto del Sole?»

«La figura di Cristo, non di Gesù. Gesù era un maestro ebraico, ricordatelo. Il cristianesimo si basa sulla figura di Cristo, che sarebbe in pratica la reinterpretazione di Gesù attraverso il filtro di un culto più antico e già diffuso.»

«E questo *culto più antico* sarebbe descritto nel tuo *Codice della Fenice*?»

«Diciamo che questa è una teoria che ha goduto di una certa diffusione in certi ambienti. Una fonte comune che avrebbe ispirato i culti dell'area mediterranea.»

«Ma ci sono i vangeli.»

«Prendili in ordine cronologico. Vedrai che più si allontanano dal periodo in cui Gesù è vissuto più assumono caratteristiche fantastiche. La scuola di Matteo, nel raccogliere gli insegnamenti dell'apostolo nel vangelo che porta il suo nome, apre il racconto spiegando la discendenza di Gesù dalla famiglia di Davide, da parte di padre. Non parla mai di parto virginale. In Marco, il finale con un tripudio di effetti speciali in cui Gesù saluta tutti e sale in cielo per sedere alla destra del Padre è stato aggiunto in un secondo momento. Anche Horus sedeva alla destra del Padre. Questo per dire che nel momento in cui la scuola storica è stata sconfitta dalla scuola mistica, che voleva fare di Gesù un messia non solo per gli ebrei ma per tutta l'umanità, un sacco di roba è stata corretta e riscritta. Soprattutto a vantaggio di quella parte di mondo che venerava divinità molto differenti dallo Yahvè ebraico.»

«E così lo hanno riadattato.»

«Di solito Ermete viene presentato come precursore del Cristianesimo. È bizzarro, non credi? Non sarebbe più corretto dire invece che il Cristianesimo si è ispirato a Ermete?»

«Ma come avrebbe fatto Paolo a leggere quei manoscritti?»

«Paolo è nato in una famiglia di Farisei ellenizzati, suo padre aveva la cittadinanza romana. Era un ebreo benestante e conosceva la cultura ellenica. E in quel periodo la cultura ellenica era anche Ermete. O almeno tutto quel mondo di pensiero che è poi diventato Ermete. Ma non fraintendermi, non prendiamocela soltanto con il povero Paolo. Tutta l'edificazione del primo Cristianesimo, almeno fino a quel capolavoro di mistificazioni che è stato il Concilio di Nicea, è una progressiva costruzione del mito. Un mito ispirato ad altre fonti, un procedimento che ha trasformato un maestro ebraico, Gesù, in una divinità ellenizzata, romana o, come diremmo oggi, occidentale. Cristo.»

Nel frattempo, la luminosità notturna del cielo estivo aveva ormai trasformato l'aspetto del Duomo, che si stagliava pallido su quello sfondo nero e stellato. Il cameriere tornò al tavolo con il conto.

«Quindi il *segreto di Alessandria* di cui parlava quell'iscrizione sarebbe questo antico codice che avrebbe ispirato il cristianesimo.»

«Potrebbe, ma quel codice è a tutti gli effetti poco più di una leggenda. Una teoria.»

«Ma se tutto questo fosse reale, se quel codice esistesse davvero allora il bastone che ha trovato Ardenti sarebbe la chiave per capire dove si trova.»

«Supposizioni. Di certo, se quel bastone è una chiave adesso dobbiamo trovare una porta.»

13

Quando Giulia aprì la porta dell'appartamento di Ardenti, Alan non era ancora del tutto convinto di quanto fosse opportuno fermarsi a dormire lì. Ma dentro di sé sapeva anche che non sarebbe riuscito a riposare neppure due minuti se prima non avesse risolto l'enigma del bastone.

Appena lasciata la pizzeria si era ricordato di avere i suoi bagagli alla stazione ferroviaria e aveva preso un taxi per andarli a recuperare.

Per Alan quella casa era densa di ricordi, non tutti piacevoli. Per lavorare sarebbe stata comunque molto più comoda, anche per la possibilità di consultare i volumi della biblioteca di Umberto. Così, riprese possesso della sua vecchia camera e tornò sulla terrazza con il bastone e il quaderno per gli appunti.

Caricò il braciere della pipa e si predispose a una lunga nottata di lavoro. Dalla porta finestra scorse il profilo di Giulia, su una poltrona del salone. Alan comprese quanto male potesse sentirsi. Uno stato con il quale avrebbe dovuto fare i conti, prima o poi, chiunque nutrisse dei sentimenti per il professor Ardenti. In un modo o nell'altro Umberto aveva condizionato le loro vite al punto tale da lasciarli lì, da soli, a inseguire fantasmi e antichi codici per tirarlo fuori da un guaio che ancora non riuscivano a capire quanto fosse grosso.

Aveva acceso due grosse candele che teneva accanto al quaderno. Nel suo studio veneziano faceva spesso in quel modo. L'odore della cera, del tabacco dolciastro, la luce soffusa erano piccoli dettagli ai quali teneva molto.

Quando avvertì di nuovo i crampi alla mano, si rese conto che era ormai notte fonda.

Si voltò di nuovo verso la poltrona e vide che Giulia si era addormentata, con le braccia strette attorno alle gambe piegate, come fosse una bambina che cercava di proteggersi.

Si concentrò sui simboli riportati sul bastone, inscritti in quel serpente che proteggeva un segreto e al tempo stesso indicava il cammino verso la luce.

Quando posò di nuovo la penna, si accorse che le candele erano consumate fino a metà e che dalla strada sotto casa non proveniva più alcun rumore.

Stava cercando di isolare alcune progressioni, affidandosi a varie teorie basate sul tre sei nove, quando sentì un forte colpo sopra di sé. Un'irruzione quasi violenta nel silenzio assoluto che a quell'ora sembrava avvolgere l'intera città.

Alzò gli occhi per rendersi conto di cosa fosse avvenuto.

E si trovò, a pochi centimetri sopra di sé, un pipistrello grosso come un topo appeso alla tenda parasole.

La reazione di Alan, dettata più che altro dalla sorpresa, fu un movimento scoordinato del corpo e un urlo istantaneo.

Il pipistrello prese il volo.

L'incontro ravvicinato, però, ebbe alcuni effetti collaterali. Alan si alzò di scatto gettando di lato la sedia. Questa andò a sbattere contro il tavolino, in un urto così forte che sparse la cera sciolta sul piano. Lasciando che la sedia cadesse a terra, afferrò il quaderno degli appunti e il bastone, sul quale però la cera era già caduta. Il bruciore intenso e inaspettato gli riaprì la mano e il bastone cadde sul tavolo e da lì rotolò sul pavimento.

E fu quel rumore a svelarne il segreto.

Con gli occhi ancora semichiusi dal sonno, Giulia si affacciò in terrazza.

«Sei impazzito?»

«Un pipistrello.»

«E ti fa questo effetto?»

Alan si avvicinò al bastone e lo sollevò da terra. Osservò la cera, ormai fredda. Cominciò a bussarci sopra con l'indice. Senza aggiungere altro, entrambi percepirono che il rumore, nella parte centrale del bastone, era diverso. Era il rumore di un tubo cavo.

Alan riprese il quaderno e si assicurò di aver ricopiato l'intera sequenza dei 369 segni. Poi rivolse gli occhi a Giulia, cercando il suo consenso. Lei annuì.

Alan appoggiò il bastone al muro. E con un colpo secco della gamba lo spezzò.

La loro attenzione fu subito richiamata dal rumore di un piccolo oggetto di ferro che uscì dall'incavo e cadde a terra.

14

Erano passate soltanto poche ore da quando il suo uomo le aveva confermato che Alan Maier era arrivato. Sentiva il bisogno di riposare, prima di decidere se prendere l'iniziativa o aspettare ancora che gli eventi maturassero. Si alzò dalla sedia a rotelle, premendo con le mani sui muscoli delle gambe. Osservò le sue mani, che non sembravano quelle di un'anziana. Accorgersene le lasciava ogni volta un senso di leggerezza. Si distese sul divano dello studio, giocherellando con una ciocca di capelli tra le dita, come faceva da quando era una bambina. Alan Maier era arrivato. Ora che l'ultima pedina era in gioco, qualcuno avrebbe dovuto scoprirsi. Avrebbe dovuto fare la sua mossa. Forse tutto era affidato a ciò che Maier stava facendo in quella terrazza.

15

«È una chiave» disse Giulia, fissando il piccolo oggetto uscito dal bastone che adesso Alan teneva in mano. Una semplice chiave di ferro, con una grossa dentatura, senza alcuna iscrizione. «Ecco un'altra cosa completamente priva di senso.»

«Forse non è l'unica» disse Alan fissando il bastone spezzato. Dalla metà inferiore sembrava uscire qualcosa.

«Sembra un foglio arrotolato» disse Giulia.

«Direi piuttosto una tela.»

Con una delicatezza estrema, Alan lo estrasse. Era lungo poco più di mezzo metro. Un rotolo di tela. Alan lo appoggiò sul tavolo, dove la cera si era ormai solidificata e non rischiava di allargarsi ancora. Indicando a Giulia i due angoli da reggere, iniziò a srotolare la tela, svelandone l'incredibile contenuto. Era larga almeno un metro.

«Questa le batte tutte. Immagino che stavolta dovrai fare una gran fatica a spiegare una cosa del genere» disse Giulia quando la tela fu distesa.

Un piccolo arazzo, ricamato a mano. Ma la figura che era rappresentata usciva da ogni logica.

«Cosa c'entra questo con Alessandria d'Egitto e il manoscritto della Fenice?» disse Giulia. «Questo sembra… questo disegno è…»

«Questo disegno è proprio quello che sembra» disse Alan. «È il Gioco dell'Oca.»

Il percorso del gioco più celebre del mondo era stato ricamato sulla tela con estrema precisione. Un percorso a spirale, in cui ogni casella aveva un'illustrazione al suo interno proprio come il gioco originale. Quello, però, era diverso. Persino Alan, che conosceva numerose varianti di quel gioco, non aveva mai visto niente di simile. Le case erano 63, come nella versione originale, ma l'unica altra cosa che sembrava corrispondere era la posizione delle oche: in tutto quattordici, disposte a una distanza alternata di 5 e di 4 case. Tutto il resto era per Alan una novità assoluta.

Strane creature che sembravano demoni o folletti, portali e cancelli, spade e coppe, pentagrammi e simbologie di ogni tipo. E nella casa finale, che si trovava al centro della spirale, la Saggezza, ritratta in modo identico alla tarsia del Duomo, porgeva una palma verso il portale che le si apriva accanto, proveniente dall'ultima casa del percorso.

«Il Gioco dell'Oca è nato in pieno Rinascimento, a Firenze. Sembra che fu la famiglia dei Medici a commissionarne una prima versione. Secondo alcuni rappresenterebbe in realtà un percorso iniziatico.»

«Ma che c'entra con tutto il resto? Tanto valeva trovarci una pubblicità della Cocacola...»

«Cosimo de' Medici era molto interessato alla figura di Ermete e fece arrivare a Firenze il *Corpus* che raccoglieva i suoi scritti.»

«Questo *Gioco dell'Oca* è un percorso iniziatico per arrivare ai manoscritti della Fenice?»

«Mi fai domande alle quali non posso rispondere. Però posso dirti che qualcuno ci sta invitando a entrare in questo percorso.»

«Cioè, noi due saremmo gli iniziati?»

«Abbiamo appena trovato una chiave. E nelle antiche società segrete era il simbolo che veniva consegnato agli iniziati.»

Portarono tutto all'interno del salotto, per osservare la tela con una luce più forte.

«Ti sembrerà strano ma non mi ricordo come si gioca» disse Giulia.

«Tiri i dadi e ti muovi lungo il percorso, quando ti fermi su una casa con un'oca ripeti il movimento. Siccome le oche sono ogni cinque e ogni quattro case, se come primo lancio ottieni il 9 hai vinto subito perché ripetendo il movimento di 9 in 9 passi da un'oca all'altra fino alla fine.»

«Ogni 5 e ogni 4…» ripeté Giulia, assorta.

«Esatto» disse Alan. E fu mentre lo disse che capì tutto.

16

«Il serpente... il percorso a spirale... il gioco... la chiave degli iniziati... il percorso del gioco forma una spirale... il serpente forma una spirale...» Alan sussurrava quelle parole come fosse posseduto. «Geniale.»

«Il 9 non era il numero venuto fuori con la somma dei...»

«Proprio così.»

«E il 5 e 4... quei simboli non erano in tutto...»

Alan riprese il quaderno, dove aveva trascritto la serie, e cominciò a cerchiare quelli che procedevano nella progressione delle oche sul tabellone, ogni 5 e ogni 4 posizioni. Alla fine rimase una serie di 82 simboli, composta da 18 simboli alcuni dei quali si ripetevano.

«Sono lettere latine» disse Alan. «Ne sono sicuro adesso. È un messaggio che poteva essere decodificato soltanto dopo aver spezzato il bastone. La prima prova del percorso.»

Giulia si avvicinò ad Alan, che senza neppure sedersi aveva ripreso a scrivere nel suo quaderno.

«Assegnerò a ognuno di questi simboli un numero, così sarà più facile lavorarci.»

«Pensi che sia possibile? Un messaggio nascosto?»

«Penso che sia l'unica cosa che possiamo tentare. Sicuramente a scuola avrai fatto giochi simili per passare messaggi cifrati. Devi tenere presente quali numeri si ripetono più volte perché è ovvio che corrispondono alle lettere più usate, di solito vocali. Devi tener presente le serie, quando due numeri si trovano accanto più volte, potrebbero essere un articolo o, se sono uguali, delle doppie.»

«Articoli? Non credi che sia scritto in latino?» chiese Giulia.

«Qualcosa mi dice di no» le rispose Alan. «Comunque, anche fosse, provando con le sostituzioni prima o poi ci arriveremo. Il messaggio è molto lungo, ma è composto da soli 18 simboli differenti che si ripetono in diverse combinazioni. È per questo che sono convinto che si tratti di una crittografia. Sostituisci i numeri con le lettere, prova le combinazioni partendo dai numeri che si ripetono più volte.»

Giulia Si avvicinò al tavolo e prese uno dei fogli stampati da Alan. Sopra era riportata la sequenza numerica ricavata dalle progressioni di 4 e 5 corrispondenti alle oche del gioco:

1 2 3 4 2 2 4 5 6 1 7 8 3 4 6 9 8 6 6 4 2 10 11 1 10 9 12 4 3 8 6 13 10 10 2 2 10 2 14 9 4 5 2 1 4 2 4 15 4 7 13 1 3 6 8 13 4 5 5 8 7 8 2 10 16 4 7 1 9 4 4 17 10 7 7 8 1 7 1 18 1 8

«Apro una bottiglia di vino dell'enoteca del professore, appena hai risolto il rebus facciamo un brindisi.» Giulia andò verso la cucina.

Alan aveva già iniziato a sostituire lettere. Aveva iniziato prendendo in esame le ipotesi genericamente più diffuse. Sarebbe partito ipotizzando che il messaggio fosse scritto in italiano, come sembrava più logico dato che le frasi riportate di solito sul tabellone del Gioco dell'Oca erano appunto in italiano. La seconda ipotesi era il latino, riprendendo l'iscrizione riportata sull'arcata della cripta. La terza ipotesi era il greco, riferendosi alla *phoenix*. Non avendo ancora considerato una

quarta ipotesi, Alan era partito dai punti fermi di ogni crittografia.

Come prima cosa, aveva ipotizzato che la frase si aprisse
con un articolo, come avviene nella maggior parte dei casi.
Sostituì quindi i caratteri iniziali, ovvero l'1 e il 2 con la I e la
L. Questo perché appena due numeri dopo erano presenti due
2 ravvicinati, il che sembrava suggerire che il 2 non potesse
essere una vocale, poiché in quella posizione sembrava difficile potesse essere uno a fine parola e uno all'inizio della parola successiva.

Sostituì le prime lettere:

I L 3 4 L L 4 5 6 I 7 8 3 4 6 9 8 6 6 4 L 10 11 I 10 9 12 4 3
8 6 13 10 10 L L 10 L 14 9 4 5 L I 4 L 4 15 4 7 13 I 3 6 8 13 4
5 5 8 7 8 L 10 16 4 7 I 9 4 4 17 10 7 7 8 I 7 I 17 I 8

Le successive ipotesi si rivolsero alle vocali. Dalla posizione iniziale del 4 e da una simile posizione successiva del
10, in entrambi i casi posti uno prima e uno dopo una coppia
di L, Alan ipotizzò che il 4 e il 10 fossero due vocali e che, in
questo caso, quest'ultima si trovasse a fine e inizio parola nel
punto in cui ce n'erano due accanto. Anche l'8, essendo la
lettera che concludeva l'ultima parola del testo, aveva ottime
possibilità di essere una vocale. Sempre ragionando sulle ipotesi più probabili, seguendo la legge dei grandi numeri, Alan
escluse la U, poco adatta a trovarsi in mezzo due L e a terminare una frase. Rimanevano A, E e O.

Dopo alcuni tentativi, tenendo presente che la E ha l'indice
di frequenza maggiore, raggiunse un quadro che ritenne il più
plausibile.

I L 3 E L L E 5 6 I 7 O 3 E 6 9 O 6 6 E L A 11 I A 9 12 E 3
O 6 13 A A L L A L 14 9 E 5 L I E L E 15 E 7 13 I 3 6 O 13 E
5 5 O 7 O L A 16 E 7 I 9 E E 17 A 7 7 O I 7 I 18 I O

Alan teneva tra le labbra la pipa ormai spenta, mentre tutto intorno, tra i tetti di Siena, il cielo cominciava a farsi chiaro.

Senza sosta, esausto, con gli occhi ormai intorpiditi e i muscoli indolenziti dal mancato sonno di due notti consecutive, Alan stava iniziando a vedere completarsi, sotto i suoi occhi, la figura del puzzle.

Il passo successivo sarebbe stato dividere le parole. Tenendo in considerazione che, sempre per i grandi numeri, le parole finiscono con una vocale, poiché le vocali ormai Alan le aveva tutte, tranne la U, si sentiva pronto a ipotizzare le prime divisioni. Partendo proprio dalla prima parola, che introdotta dall'articolo IL non poteva che terminare con la O. Seguendo le convenzioni e un po' di intuito, Alan riuscì a ottenere una nuova versione del messaggio cifrato:

I L 3 E L L E 5 6 I 7 O 3 E 6 9 O 6 6 E L A 11 I A
9 12 E 3 O 6 13 A A L L A L 14 9 E 5 L I E L E 15 E
7 13 I

3 6 O 13 E 5 5 O 7 O L A 16 E 7 I 9 E E 17 A 7 7 O
I 7 I 18 I O

Dopo qualche tentativo, Alan riuscì a trascrivere la prima parola completa, sostituendo il 7 e il 18 della parola che concludeva il messaggio: I N I Z I O. Poi prese il gruppo 5 L I e sostituì il 5 con la G.

Ne risultò un'evoluzione determinante:

IL 3ELLEG6INO 3E69O66E LA 11IA 912E 3O613A ALLA L149E GLI ELE15 EN13I

36O13EGGONO LA 16ENI9E E17ANN O

INIZIO

Prendendo la seconda parola della frase fu piuttosto semplice per Alan, a questo punto, completarla, sostituendo il 3 con la P e il 6 con la R. Ne risultò:

IL PELLEGRINO PER9ORRE LA 11I A 912E POR13A ALLA L149E GLI ELE 15EN13I

PRO13EGGONO LA 16ENI9E E17ANN O

INIZIO

«Ci siamo» disse Alan, prendendo un nuovo foglio, poiché quello sul quale stava lavorando era ormai reso illeggibile dai tentativi.

Giulia gli si avvicinò.

IL PELLEGRINO PERCORRE LA VIA CHE PORTA ALLA LUCE

GLI ELEMENTI PROTEGGONO LA FENICE E DANNO INIZIO

«Porta pure il vino, abbiamo il messaggio.» Alan era euforico, d'un tratto sembrò aver dimenticato la spossatezza accumulata.

Giulia tornò con i due bicchieri di un rosso scuro.

«Questo non dovrebbe essere male, anche se avrebbe dovuto respirare un po' di più.»

Alan afferrò il bicchiere e brindarono, mentre l'alba era ormai sul punto di esplodere e afferrare la Torre del Mangia. Dalla strada arrivavano già i primi rumori dei bar che si preparavano ad aprire.

Il foglio con il messaggio era sul tavolo.

Bevendo, Alan si rese conto di essere assetato. Finì il bicchiere in un attimo, senza staccare le labbra dall'orlo. Solo allora si accorse di una strana espressione comparsa sul volto di Giulia. Sembrava dispiaciuta.

«Che cosa c'è che non va? Abbiamo risolto l'enigma, ora possiamo andare avanti.» Ma mentre parlava, Alan si sentì afferrare dalla stanchezza. «Ho solo bisogno di dormire un po'... giusto qualche ora...» disse appoggiandosi a una sedia.

«Alan... mi dispiace.» La voce di Giulia si ruppe nel pianto.

Fu un attimo. Alan comprese che non era la stanchezza ad avvinghiarlo, ma qualcos'altro. Guardò il bicchiere, vuoto, e lo lasciò cadere a terra.

Tutto cominciò a girare come in un vortice sempre più veloce.

«Mi dispiace» continuò a dire Giulia, singhiozzando. «Non potevo fare altro... Lo avrebbero ucciso... Scusami Alan... perdonami.»

Il buio lo avvolse.

17

Alan cadde sul pavimento, privo di sensi. Giulia continuava a piangere. Dentro di sé stava combattendo una battaglia. Si abbassò per assicurarsi che Alan stesse bene. Poi si riprese. Si asciugò le lacrime e continuò a fare quello che uno sconosciuto le aveva imposto di fare.

Prese il cellulare e compose il numero che le avevano dato.

«Ho fatto quello che volevate. Adesso lasciateci in pace.»

Dopo meno di un minuto sentì bussare alla porta.

Giulia aprì e si trovò di fronte un tizio con una camicia a fiori e una macchinetta fotografica al collo. Non lo aveva mai visto prima. L'uomo appoggiò sul tavolo la Lonely Planet, il giornale e la foto con la quale aveva riconosciuto Maier appena era sceso dal treno.

«Dov'è lui?» chiese.

«È sul terrazzo.»

«Ha fatto quello che doveva fare?»

«Sì, ha fatto tutto. Adesso cosa volete fargli?»

«Devo portarlo via.»

«Dov'è il professore, come sta? Farete come promesso, adesso, lo lascerete?»

«Io eseguo soltanto gli ordini» disse l'uomo. «E gli ordini sono che dovete venire tutti e due con me.»

Giulia sentì il terreno precipitarle sotto i piedi.

«Cosa? Avevate detto che sarebbe finita una volta che avevate il messaggio.» La sua voce era incrinata dalla paura. Che crebbe quando vide l'uomo scostarsi la camicia per mostrale la pistola che aveva infilata nei pantaloni.

«Faccia come le dico e non accadrà niente.»

Quella storia non sarebbe finita. Giulia comprese soltanto allora che dentro di sé ne era già consapevole. Un pensiero che aveva cercato in tutti i modi di combattere, di arginare. Ma che adesso le si imponeva di fronte con tutta la sua evidenza.

E in quel momento, con l'anima a pezzi e rassegnata, si accorse che un altro individuo era entrato nel salone.

Indossava una giacca blu. E aveva in mano una pistola.

Tutto si svolse in pochi secondi.

Il primo uomo abbandonò il corpo di Alan e si rivolse contro l'altro.

Con un movimento rapido riuscì a deviare il braccio che teneva la pistola e a colpirlo con un pugno.

L'uomo con la giacca blu perse la presa sull'arma, che cadde a terra. Ma riuscì ad afferrare una sedia e abbatterla sull'avversario.

Giulia fissava inorridita quanto stava accadendo senza capire cosa dovesse fare. Uno apparteneva alle persone che avevano Umberto in ostaggio, mentre l'altro, quello con la giacca blu, era comparso dal nulla.

I due si erano ormai avvinghiati, finché l'emissario dei sequestratori non riuscì ad afferrare un posacenere massiccio.

«Attento» urlò Giulia. Senza sapere per quale motivo lo avesse fatto, osservò l'uomo con la giacca blu deviare il colpo e scaraventare il suo avversario contro un muro. L'uomo dei rapitori provò a estrarre la pistola, ma si rese conto di essere ormai sotto il tiro di un'altra arma, che un terzo uomo, appena entrato dalla porta, gli puntava contro.

Si lanciò verso la terrazza.

«Vai» urlò il tizio con la giacca blu, mentre recuperava la pistola da terra. L'ultimo arrivato corse dietro il fuggiasco. Quando lo vide, si stava calando verso la terrazza del piano sottostante. Lo inseguì, mentre l'uomo con la giacca blu si fermò a prendere fiato vicino al tavolino, ai piedi del quale Giulia si era accucciata accanto ad Alan.

Dormiva profondamente. La sostanza che le avevano dato per versarla nel suo bicchiere doveva essere molto forte.

L'uomo con la giacca blu si appoggiò al davanzale e vide gli altri due che correvano in strada. Poi si voltò verso la porta di ingresso.

Seguendo il suo sguardo Giulia si accorse che qualcuno stava entrando nell'appartamento. Era una donna anziana, seduta su una sedia a rotelle.

«Chi siete?» chiese Giulia.

«Dovrei essere io a farti questa domanda, visto che ti trovi in casa mia» rispose la donna.

«Io... questa è la casa del professor Ardenti... cosa...»

«Umberto gode di questo appartamento signorile in virtù delle sue abilità affabulatrici. È l'unica persona che riesca a non annoiarmi, nonostante parli sempre delle stesse cose. E il bell'addormentato dovrebbe essere il suo compare, se non sbaglio. Ora, resta da capire chi sei tu.» La donna aveva una voce melodiosa, che per qualche irragionevole motivo riuscì a calmare Giulia.

«Io sono un'amica del professore, mi hanno detto di fare tutto questo altrimenti lo avrebbero ucciso. Voi sapete dove si trova?»

«Speravo potessi dirmelo tu, tesoro. A quanto pare il professore si trova in un brutto guaio e penso che, essendo la sua nuova amante, tu potrai aiutarci a capire di cosa si tratti.»

«Non sono la sua amante.»

«Adesso basta con le storie, tesoro, devi dirmi la verità. Se ci tieni al professore, sono l'unica persona che può aiutarti. Ma se dici ancora mezza bugia, il qui presente signor Monti saprà essere decisamente più convincente di me.»

«È la verità, non sono la *nuova amante* del professore.»

«Stai cominciando a stancarmi.»

«Sono sua figlia.»

SECONDA PARTE

IL GIOCO

18

«Cosa?» Quando Alan si riprese, dopo aver ascoltato quanto era avvenuto, non sapeva se essere più stupito del fatto che Umberto fosse stato rapito, che Giulia fosse sua figlia o che lo avesse drogato per consegnarlo agli stessi rapitori.

Si trovava disteso in un letto principesco, in una delle innumerevoli camere per gli ospiti che Margherita Orsini gli aveva fatto preparare nella sua tenuta immersa nel verde del Chianti. Alan la conosceva bene: era forse l'unica amicizia di Umberto a essere sopravvissuta così a lungo. Anche con lei non si vedeva dal giorno in cui si era conclusa la sua collaborazione con Ardenti.

«Di tutte le volte, forse questa è l'unica in cui a pensar male di Umberto ci siamo sbagliati, tu ed io» gli disse Margherita.

«Mia signora, rivederti è l'unica cosa buona che mi è capitata in queste ultime ore. E sono convinto che pensar male di Ardenti non sia mai uno sbaglio.»

«Vedo che ti stai rimettendo, bene.»

«Ma quanto ho dormito?» Alan riuscì a mettersi seduto.

«È quasi ora di cena. La droga non era così pesante, ma evidentemente avevi bisogno di riposare.»

Gli raccontò nei dettagli quanto era avvenuto. Alan apprese in quel modo che dal momento in cui era sceso dal treno era stato seguito da un tizio per tutto il tempo. Per la notte, poi, quell'uomo era entrato nel palazzo dove si trovava l'appartamento di Umberto e si era nascosto in un terrazzino, dove avevano ritrovato una gran quantità di mozziconi di sigarette.

Margherita gli raccontò dello scontro che si era svolto attorno a lui e gli disse che uno degli uomini di Monti, il suo addetto alla sicurezza che Alan conosceva bene, aveva inseguito il loro avversario per tutta Siena, ma alla fine non era riuscito a bloccarlo.

«Monti è convinto che fosse un professionista» gli disse alla fine del rapido resoconto. «Dal modo in cui si è mosso, non sembrava la prima volta che si trovasse in situazioni del genere.»

«Quindi di Umberto non sappiamo più niente?» le chiese Alan.

«Al momento no. Dalla notizia della sua scomparsa mi sono convinta che fosse successo qualcosa. A Monti è bastato poco per capire che c'erano degli strani movimenti.»

«Ma come è possibile che sia sua figlia? Tu ne sapevi niente?»

«Sapevo qualcosa» ammise Margherita. «Sua madre si chiama Patrizia Sereni. È uno degli avvocati più importanti di Bologna. Umberto aveva avuto una relazione con lei prima di prendere la cattedra a Siena. Prima che tu lo conoscessi.»

«Non mi ha mai detto niente.»

«Ci sono cose che non sai.»

«Certo, potrebbe aver seminato altri figli di cui ignora l'esistenza.»

«Di Giulia lo sapeva. Era stata Patrizia a imporgli di non farsi vivo.»

«Questa è una novità.»

«È successo tanti anni fa, Alan. Al tempo Umberto ne soffrì.»

«Gli hai sempre perdonato tutto, lo hai sempre sostenuto in tutto quello che ha fatto. Non ne ho mai capito il motivo.»

«Ci sono cose che non sai, come ti ho detto. E altre che non hai capito.»

«Forse qualcuna potresti spiegarmela.» Alan sentì una fitta alla testa.

«Non ti sei ancora rimesso del tutto.»

«Passerà, ma mi farebbe piacere scambiare due parole con l'adorabile figlia del professor Ardenti.»

«La tensione e tutto il resto l'hanno messa a dura prova. Appena siamo arrivati qui si è addormentata e si è ripresa solo poco fa. Anzi, vedi di sistemarti e scendere che ti sta aspettando.»

«Vuole offrirmi da bere?»

«Non hai perso la cattiva abitudine di affidarti a giudizi impulsivi.»

«E tu non hai perso la cattiva abitudine di avere un debole per le persone sbagliate.»

Margherita si stava avviando verso la porta, quando si voltò e gli sorrise.

«Sono contenta che tu sia qui.»

Alan si avvicinò alla finestra.

Giulia era là fuori.

19

Giulia era in giardino insieme a Monti, sotto un gazebo. Aveva ancora i capelli bagnati, come li lasciava sempre dopo la doccia.

Margherita le aveva fatto portare in camera alcune camicette che appartenevano a un paio di nipoti. Giulia ne aveva scelta una celeste.

«Signor Monti...»

«Va bene anche Ugo, soltanto la signora insiste a chiamarmi in quel modo.»

«È da molto che lavori per lei?»

«Almeno vent'anni.» Le si avvicinò. «Quando sono entrato nella squadra avrò avuto più o meno la tua età.»

«E prima cosa hai fatto?»

«L'esercito.» Monti versò un bicchiere di acqua con il limone e lo porse a Giulia.

«Cosa succederà adesso?»

«Andrà tutto bene, non preoccuparti. Le persone che hanno rapito il professore hanno ancora bisogno di lui, ne avranno cura fino alla fine.»

«Ma noi adesso cosa possiamo fare?»

«Conosco le persone giuste» si limitò a dirle. Visto da così vicino, Monti sembrava una montagna.

«Alan ci raggiungerà tra qualche minuto» disse Margherita, arrivando sotto il gazebo.

«Come sta?» chiese Giulia.

«Sta bene, tesoro, non preoccuparti. L'ho visto riemergere da postumi peggiori, dopo le serate in cui lui e il suo compare anziano si divertivano a saccheggiare la mia cantina.»

Alan uscì in giardino poco dopo. Anche a lui una doccia veloce e una camicia pulita avevano restituito un aspetto migliore.

Giulia non sapeva come comportarsi, il suo istinto le diceva di andargli incontro, ma non sapendo come avrebbe reagito rimase ad attenderlo seduta sulla poltroncina di vimini e stoffa.

Alan si sedette alla poltroncina accanto.

«Come stai?» gli chiese.

«Erano anni che non dormivo così bene. Mi farebbe comodo un po' di quella roba, se ne hai ancora.»

«Abbiamo ancora un'oretta prima di cena» intervenne Margherita. «Potremmo approfittarne per capire qualcosa di più su chi ti ha dato quel numero di telefono che hai chiamato, tesoro.»

Giulia prese il suo cellulare, richiamò il numero in memoria e lo lasciò sul display, appoggiando il telefonino sul tavolo accanto a loro.

«Domenica scorsa io e Umberto...»

«Tuo padre» disse Margherita. «Non c'è più motivo di nasconderlo.»

«Sì, mio padre. Era lui a volerlo tenere nascosto. Sono venuta a sapere di lui da un ex di mia madre, che le ha voluto regalare un ultimo dispiacere. Non lo biasimo, quello è esattamente il tipo di sentimenti che una donna come lei può suscitare.»

«E così sei venuta a Siena per conoscerlo» la aiutò Margherita.

«So che ha molti difetti, che è un egocentrico e tutto il resto» disse Giulia cercando il loro sostegno, soprattutto quello di Alan. «Ma è una persona buona, e non si merita quello che gli sta accadendo. Ha voluto tenere nascosta la nostra storia per proteggermi, perché aveva capito che qualcuno si stava interessando troppo a quello che stava facendo. Ma a quanto pare non è servito.»

«Come hanno saputo che sei sua figlia?» le chiese Alan.

«Nello stesso modo in cui hanno saputo di te, dal suo computer. Hanno setacciato tutto il suo appartamento e hanno preso il portatile. Hanno letto le sue email, quella che ha inviato a te in cui ti chiedeva di venire a Siena, e quelle che inviava a me, che erano l'unico momento in cui potevamo parlare di noi senza nascondere niente.»

Giulia si fermò per bere un bicchiere di acqua. Poi ricominciò a raccontare. «Domenica sera aveva deciso di offrire da bere a tutta l'equipe di scavo, per i passi avanti e la scoperta della cripta che avrebbe portato nuovi fondi per i lavori. È l'ultima sera che l'ho visto. Qualche giorno dopo sono stata contattata da un tizio che diceva di dovermi dare del materiale per conto del professore. Dato che non si era più fatto vedere, sono andata all'appuntamento. Ero seduta a un bar, in piazza, quando ho sentito una voce alle mie spalle che mi diceva di non voltarmi. Mi ha detto che aveva rapito mio padre, che l'unico modo che avevo di rivederlo vivo era convincere un certo Alan Maier a fare un lavoro per conto loro. Doveva tradurre quello che era scritto sul bastone che avevamo trovato nella cripta. Mi sono chiesta come facesse a sapere tutte quelle cose, ma l'unica risposta possibile era che fosse tutto vero. E che Umberto non fosse stato in grado, o non avesse voluto decodificare il bastone. Fatto sta che non potevo fare altro, anche perché non mi ha mai spiegato niente su cosa stesse cercando sul serio al Santa Maria.»

«Se avesse decodificato il bastone, non avrebbero più avuto bisogno di lui» disse Margherita. «Tirare in ballo Alan era l'unica mossa che aveva a disposizione.»

«E ovviamente» disse Alan «come in tutti i gialli che si rispettano, ti hanno detto che se avessi raccontato qualcosa alla polizia Umberto ne avrebbe fatto le spese.»

«Esatto.»

«Te lo hanno detto loro di mandarmi il fax con l'articolo di giornale?» le chiese Alan.

«Ho dovuto farlo, tu non arrivavi, non sapevo cosa fare.»

«D'accordo, tesoro» disse Margherita. «Tra poco andremo a mangiare le ottime quaglie di Lorenzo. Poi, penseremo a come muoverci. Nel frattempo, sono sicura che tu, Alan, vorrai spiegarmi per quale motivo ho dovuto sistemare sul tavolo della mia biblioteca un bastone spezzato, una vecchia chiave, qualche foglio scarabocchiato e una versione di dubbio gusto del Gioco dell'Oca.»

«Perché prima non facciamo una telefonata?» disse Alan, prendendo in mano il telefonino di Giulia con il numero dell'uomo misterioso ancora sul display.

«Aspetta» gli disse Margherita. «Sta arrivando una persona che potrebbe esserci d'aiuto. Sarà nostro ospite per cena e immagino che avrebbe piacere di ascoltare quella telefonata.»

20

L'ispettore capo Darrigo fece onore alle quaglie preparate da Lorenzo, l'anziano cuoco della famiglia Orsini.

La prima cosa che aveva detto, entrando nella sala da pranzo, era che all'aeroporto di Milano non era arrivato nessuno a ritirare i biglietti per Parigi, acquistati con la carta di credito del professore. E dopo gli aggiornamenti che Monti, una sua vecchia conoscenza, gli aveva fornito aveva aggiunto, sfoggiando con soddisfazione il proprio acume investigativo, che quella manovra era stata sicuramente un diversivo inscenato dai rapitori.

Quando una coppa di gelato crema e cioccolato ebbe concluso la cena, Margherita invitò i suoi ospiti e il signor Monti a seguirla in salotto per pianificare le prossime mosse. Le pareti erano costellate di ritratti a figura intera degli antenati di Margherita. Porcellane e marmi ovunque. Di fronte a un camino largo almeno quattro metri c'erano tre divani disposti attorno a un tavolino basso. Gli ospiti si sistemarono a sedere.

«Bene» disse Margherita aprendo la riunione. «Adesso possiamo cominciare a parlare di cosa dovremo fare. E se siete tutti d'accordo partirei dall'aspetto della faccenda che in questo momento mi sta più a cuore. Dottor Darrigo, cosa pensa di fare per ritrovare il professor Ardenti?»

«Ugo mi ha detto che avete un cellulare e un numero di telefono. Di certo possiamo localizzare il luogo dove si trovava il cellulare che la signorina ha chiamato. A quel punto sapremo dove si trovavano i rapitori.»

«Pensavamo di fare una nuova telefonata e contattarli direttamente» disse Margherita.

«Potremmo verificare di nuovo la posizione del ricevente» aggiunse Monti. «Sempre che non abbiano intuito la cosa.»

«È comunque un tentativo che va fatto» decise Darrigo. «Considerando che hanno un ostaggio, potrebbero aver avuto difficoltà a spostarsi senza dare nell'occhio. E una volta localizzato il cellulare potremo arrivare sul posto. Prima lo facciamo meglio è, secondo me stiamo già perdendo tempo.»

«Ma se capiranno che c'è di mezzo la polizia...» disse Giulia.

«Non preoccuparti» le rispose Monti. «L'ispettore e io abbiamo risolto insieme diverse situazioni delicate senza che nessuno venisse a saperlo. Lui può organizzare una squadra senza che in Questura se ne sappia niente.»

«Per il momento sì, Ugo. Ma poi dovrò spiegare tutto per filo e per segno. E mi auguro che a quel punto mi darete tutti una mano a ricostruire questa storia. A proposito, per quale motivo lo avrebbero rapito?»

«La campagna di scavo al Santa Maria ha avuto dei risvolti imprevisti» spiegò Margherita. «Alcuni dei quali potrebbero essere legati alla faccenda che ne è seguita. Ma mi limiterei a ipotizzare che un gruppo di criminali legati al mercato clandestino dell'arte abbia sequestrato il professore per estorcere informazioni e materiale da vendere nei loro circuiti.»

«Spero che tu sappia quello che fai» disse Darrigo a Monti. «Tutto ciò che riguarda gli Orsini è sotto la tua giurisdizione. A me basta una spiegazione semplice e lineare. E magari un invito da parte della famiglia Orsini al questore a prenderla per buona.»

«Le scoperte del professor Ardenti hanno ancora bisogno di approfondimenti» spiegò Margherita. «Credo che sia nell'interesse di tutti che il professor Maier possa continuare a lavorare per offrirci qualche carta in più da giocarci in questa partita, nel caso si aprisse la necessità di un negoziato.»

«Per quanto mi riguarda, ci siamo» concluse Darrigo.

«Quanti uomini hai?» gli chiese Monti.

«Per una cosa del genere non più di due, ai quali affiderei i miei figli. Meglio non andare sugli altri.»

«Aggiungi me, allora» gli disse il responsabile della sicurezza del Castello Orsini.

«Santino?» chiese Margherita.

«Che ne pensi?» chiese Monti all'amico poliziotto. «Ha già inseguito per mezza Siena uno dei rapitori, sa di cosa stiamo parlando.»

«Lascialo qui» gli rispose Darrigo. «Hai bisogno di uno fidato che faccia il tuo lavoro di sorvegliante, se vieni con noi. In quattro siamo abbastanza.»

«A questo punto non ci resta che fare quella telefonata» concluse Margherita.

«Datemi un'oretta. Mi organizzo per intercettare il segnale e localizzare il ripetitore.» Darrigo si alzò. «Vi chiamo io appena sarò pronto. Quando ci parlerete, cercate di tenerlo al telefono il più possibile. Se siamo fortunati, nel giro di poche ore potreste riavere con voi il professore.»

21

«Quindi tutto questo sarebbe legato a una serie di leggende scritte migliaia di anni fa.» Quando Darrigo ebbe lasciato la tenuta degli Orsini per organizzare la sua squadra, Margherita si era rivolta ad Alan chiedendogli di spiegarle il resto della storia. E Alan, che durante la cena era rimasto in silenzio, era ripartito dall'inizio, dal momento in cui Umberto gli aveva chiesto di collaborare a un nuovo lavoro.

Alan aveva avanzato un'ipotesi, legata a quanto aveva detto Giulia, ovvero che dopo la loro rottura Umberto avesse continuato a lavorare ai loro appunti messi insieme fino ad allora, trovando una qualche traccia che lo aveva portato a scoprire la cripta. Seguendo questo ragionamento, Alan aveva concluso che Umberto aveva trovato qualcosa, una conferma ad alcune supposizioni che, a quanto pareva, aveva tenuto per sé da diversi anni. Approfittando della campagna di scavo del Santa Maria, un'occasione che rincorreva da tempo, aveva trovato la cripta.

Nello stesso momento, però, qualcun altro era venuto a sapere di quella scoperta. Chi fosse stato ad avvertirlo era ancora difficile da stabilire, ma del resto Umberto e la Firmani stavano preparando una conferenza stampa per rendere pubblica la scoperta. Tutta la pubblicità che Umberto sarebbe riuscito ad assicurare alla scoperta, in un certo senso l'avrebbe messa al sicuro. Il professore non si fidava più di nessuno, neppure all'interno della sua equipe di scavo, perché evidentemente aveva capito che qualcuno era interessato a quanto stava facendo.

«Ho idea che se avessi raccontato questa storia all'ispettore, quello avrebbe richiesto una perizia psichiatrica» disse Margherita, quando Alan si fermò per riprendere fiato. «Non soltanto per te, che in fin dei conti sei stato sottoposto a una certa dose di stress, ma per tutti noi che ti stiamo prendendo sul serio. Alan, adesso dovresti essere più riposato, prova a ripensare a tutto quello che hai raccontato e poi dimmi se ci credi davvero.»

«Credo che chiunque abbia rapito Umberto sia convinto quanto lui che tutto questo sia reale» le rispose Alan.

«E se vogliamo trovare quello che i rapitori di Umberto stanno cercando» disse Giulia «abbiamo una sola pista.» Indicò il foglio sul quale era riportato il messaggio ottenuto dalla decodificazione della serie dei 369 segni incisi sul bastone.

«E io» disse Alan portandosi la pipa alle labbra «un'idea di cosa signifìchi me la sono fatta.»

22

Alan riprese il messaggio che aveva decodificato e lo mostrò agli altri, tenendo il foglio in mano.

IL PELLEGRINO PERCORRE LA VIA CHE PORTA ALLA LUCE

«Siamo in grado di dire che il pellegrino in questione è l'iniziato che, dopo aver ricevuto la chiave» disse indicando la chiave trovata nel bastone «può incamminarsi nel percorso che lo porterà alla luce, ovvero alla rivelazione finale, che è in pratica una costante di ogni società segreta.»

«Aspettavo il momento in cui sarebbe venuta fuori una società segreta» disse Margherita.

«Conosci meglio di me certi riferimenti» le rispose Alan. «Che io sappia non hai mai fatto parte di club privati o logge massoniche, ma di certo ne hai conosciuto qualche appartenente. Magari attraverso Umberto. E saprai che nella loro mitologia si parla sempre di pellegrini, chiavi, percorsi iniziatici e rivelazioni finali.»

«Una società segreta avrebbe rapito mio padre?» chiese Giulia.

«Penso che, nel caso esista, il suo ruolo sia stato un altro» disse Alan. «Nella cripta c'era scritto che lì attendeva il *Segreto di Alessandria*. E il bastone è un invito a intraprendere il cammino. Qualcuno, che ha fatto tutto questo, deve aver custodito quel *segreto* lasciando poi questa specie di mappa per ritrovarlo» concluse indicando il Gioco dell'Oca.

«E come pensi di interpretare questa mappa?» gli chiese Margherita fissando la tela con il gioco.

Alan tornò al foglio con il messaggio trascritto e ne indicò la seconda parte:

GLI ELEMENTI PROTEGGONO LA FENICE E DANNO INIZIO

«Qui il messaggio diventa più esplicito» disse. «Si parla della Fenice e quindi abbiamo la prova che le nostre interpretazioni su palme e filosofi erano esatte. La Fenice è protetta dagli elementi, e questo francamente non ho idea di cosa significhi. Ma quello che in questo momento dovrebbe interessarci è che questi elementi hanno un ruolo importante, adesso. Ovvero *danno inizio.*»

«Un passaggio fondamentale, Alan» disse Margherita. «Sei il nostro orgoglio, tesoro, e scommetto che sarai anche in grado di dirci in che modo e a che cosa danno inizio.»

«Potrebbero dare inizio al nostro cammino» disse Alan. «In un certo senso danno inizio a tutto. L'intero universo è iniziato dai quattro elementi.»

«Quattro» disse Giulia all'improvviso, saltando in piedi e avvicinandosi al tabellone del Gioco. «Gli elementi danno inizio, Alan. Gli elementi sono quattro.»

«È una filastrocca?»

«No» disse Margherita. «È il numero con il quale inizieremo la nostra partita sulla tua bella mappa del tesoro.»

«Abbiamo un tabellone del gioco, ma non abbiamo i dadi, giusto?» proseguì Giulia. «Allora il numero per iniziare ce lo danno gli elementi, che sono quattro.» Si avvicinò alla tela e, partendo dalla prima casella, contò fino a quattro. Poi prese una piccola tartaruga d'oro, che si trovava insieme ad altri piccoli oggetti sul tavolino, e la posizionò sulla casella. «È un rettile, dicevi che i rettili vanno verso la luce, andrà bene come segnalino.» Il dorso dell'animale era incastonato di pietre molto simili a smeraldi e rubini. Alan si rivolse a Margherita, che annuendo li autorizzò a giocare con il piccolo gioiello.

Avvicinandosi alla tela, si misero a fissare lo strano disegno raffigurato nella casa in cui dopo aver contato quattro movimenti si era fermata la tartaruga. Era raffigurato un quadrato, simile a una piccola scacchiera, all'interno del quale era stata riportata una formula che Alan conosceva bene.

SATOR
AREPO
TENET
OPERA
ROTAS

«Cosa vuol dire?» chiese Giulia.

«Il seminatore Arepo custodisce le chiavi dell'opera. O un altro migliaio di traduzioni possibili, che come questa non tengono in nessun conto grammatica e sintassi.» Alan apparve scoraggiato. «Lo chiamano il *Quadrato magico*. È un rompicapo per appassionati di esoterismo che risale a qualche migliaio di anni fa. Arepo è considerato un nome solo perché è una parola che non esiste. Potremmo stare giorni a parlarne senza arrivare a niente. Quella frase è una vecchia filastrocca, una formula sulla quale è stato detto di tutto. Troppe possibilità, nessuna possibilità.»

«Quella frase è incisa su una parete esterna del Duomo» gli ricordò Margherita.

«Sì, e in molti altri posti» aggiunse Alan.

«Ma di cosa si tratta?» chiese Giulia.

«Secondo alcuni è una formula magica che tiene lontani gli spiriti maligni.» Dicendolo, Alan non ne sembrava del tutto convinto. «Secondo altri la sua origine sarebbe cristiana, forse una preghiera con la quale i primi seguaci di Cristo, quando erano ancora perseguitati, potevano professare la propria fede senza incappare in conseguenze spiacevoli. Secondo altri avrebbe una matrice pre cristiana e proverrebbe in pratica da quel contesto culturale che poi ispirò il pensiero cristiano.»

«Lo stesso contesto della Fenice» disse Giulia.

«Le connessioni potrebbero essere infinite, il quadrato magico è il primo gioco di enigmistica inventato dall'uomo, talmente complesso che nessuno è ancora riuscito a dargli una soluzione.» Alan provava un misto di ammirazione e impotenza di fronte a quelle cinque parole di cinque lettere. «Come vedi può essere letto in ogni direzione, una vera esaltazione del palindromo. La parola TENET in orizzontale si incrocia con la stessa in verticale e formano una croce greca. I fautori della tesi cristiana basano i loro argomenti sul fatto che prendendo tutte le lettere e anagrammandole puoi ottenere un *PATERNOSTER* in verticale che proprio al centro, con la N, si incastra con un altro *PATERNOSTER* in orizzontale. Da questo anagramma rimarrebbero fuori soltanto A e O, ovvero alfa e omega.»

«Ovvero, Gesù Cristo» disse Margherita.

«Cosa?» disse Giulia.

«Nell'Apocalisse di Giovanni, Cristo dice *Io sono l'alfa e l'omega, l'inizio e la fine, colui che è, che è stato e che sarà.*» Le spiegò Margherita. «Il quadrato magico del Duomo era uno degli argomenti preferiti da Umberto quando voleva fare colpo con qualcuno.»

«Ma in tempi più recenti» riprese la parola Alan «è stato scoperto un quadrato di questo tipo su una colonna della Grande Palestra di Pompei, datata a prima dell'eruzione del Vesuvio. Ovvero, più o meno al 70 dopo Cristo. E pensare che in quel periodo fossero già presenti in Italia cristiani talmente strutturati da avere un loro codice segreto è decisamente avventuroso. Senza parlare del fatto che la diffusione dell'Apocalisse in Italia avvenne soltanto nel secondo secolo dopo Cristo. Del resto persino la croce del TENET è una croce greca, diversa da quella cristiana.»

«Ma l'anagramma *PATERNOSTER* vorrà dire qualcosa» insistette Giulia.

«*Saette, rubar soldi a Paperone*» disse Alan.

«E questo cosa significa?»

«Niente, ma è un anagramma del quadrato magico» le rispose Alan. «Come vedi giocando con numeri e parole puoi fare qualsiasi cosa. Se sai giocare a scacchi noterai anche che partendo dalla P puoi ottenere la parola *PATER* passando da una lettera all'altra con la mossa del cavallo. Ma dubito che tutto questo possa aiutare la nostra piccola tartaruga a proseguire nel suo cammino. Speravo che gli elementi potessero darci un inizio più chiaro di questo.»

«Un momento, Alan» esclamò Giulia. «Ho sbagliato.»

«In che senso?»

«Nel senso che ieri tu hai parlato di un quinto elemento che in alchimia governerebbe sugli altri. Ricordi? La storia del pentacolo...»

«Prova con il cinque» disse Margherita.

Alan piazzò la tartaruga sulla casella cinque.

«È un'oca» disse Giulia fissando l'illustrazione nella nuova casella.

«Il che vuol dire che dobbiamo raddoppiare il lancio e andare avanti di altri cinque» disse Alan spostando ancora in avanti il prezioso segnalino.

«Dimmi che stavolta ha un senso» disse Giulia fissando l'illustrazione nella nuova casa alla quale arrivò la tartaruga.

«Tutto potrebbe avere un senso, Giulia. È questa la difficoltà di un percorso di questo tipo. Un labirinto in cui possiamo perderci a interpretare segni che in realtà sono soltanto trabocchetti, nei quali cadiamo a causa di altre interpretazioni sbagliate.»

La casa dove adesso si trovava la tartaruga riportava una spada conficcata nella roccia e sormontata da una coppa d'oro, alla cui destra c'era un numero romano, il III, iscritto in un pentacolo.

«Un pentacolo» disse Giulia. «Forse siamo sulla strada giusta.»

«È come trovarsi nel deserto e dire che secondo te *forse* il Nord è da quella parte.»

«Da qualche parte dobbiamo iniziare, Alan» disse Margherita. «E sono d'accordo con Giulia, propenderei anch'io per il cinque.»

«Allora hai una spada nella roccia e una coppa del Graal» le disse Alan, allontanandosi dal tavolino. «Chiamami quando avrai trovato la tomba di Re Artù. Se pensi che arrivi fino a Glastonbury…»

«Non così lontano» disse Margherita. «Qui a Siena abbiamo una spada nella roccia molto più vicina di Glastonbury.»

«Che sciocco» disse Alan. «San Galgano.»

Squillò il cellulare di Monti.

«È Darrigo» disse l'addetto alla sicurezza. «Possiamo fare quella telefonata.»

Il cellulare di Giulia era ancora sul tavolino dove lo avevano lasciato durante l'incontro con l'ispettore capo. Sul display c'era il numero di telefono di chi aveva rapito Umberto.

Margherita lo afferrò delicatamente, attese che Monti le concedesse il proprio assenso e premette il tasto verde.

Dopo pochi squilli, una voce rispose.

23

«Un epilogo davvero inatteso. Ma francamente mi sfugge il senso di questo vostro azzardo.» Margherita aveva premuto il tasto dell'altoparlante sul telefonino e adesso tutti stavano ascoltando.

Giulia annuì: aveva riconosciuto la voce.

Monti aveva ancora all'orecchio il cellulare con il quale Darrigo gli forniva istruzioni.

«Cercate di agganciarlo per qualche minuto, Ugo. Cerca di darmi il tempo di tracciare la chiamata.»

«Magari potremmo spiegarci con tranquillità» disse Margherita. «Potrebbe cominciare lei a spiegare il suo di azzardo, un rapimento.»

«Lei sbaglia punto di vista, signora Orsini. Eppure, noi due veniamo da mondi molto simili tra loro.» Quando Margherita sentì pronunciare il suo cognome si voltò verso Monti. «Il professore non mi aveva parlato di lei, questo vi ha concesso un vantaggio considerevole. Ma nelle ore seguite al vostro combattivo intervento, in soccorso del dottor Maier, ho avuto modo di conoscerla, facendo qualche telefonata. Non si sorprenda, Margherita, come le ho detto abbiamo molte cose in comune.»

«Perché non prova a dirmene un paio?»

«Tutto a suo tempo. Adesso è il momento di decidere cosa farc del professor Ardenti.»

«Come sta?» chiese Giulia. La sua voce tradì le sue emozioni, Margherita la fermò con un gesto.

«Suo padre sta bene, signorina Sereni. Ma faccia presente ai suoi nuovi amici che quanto le ho detto giusto qualche giorno fa riguardo a un possibile intervento della polizia in questa storia è rimasto immutato.»

«Ha detto che è il momento di decidere cosa fare del professore» disse Margherita.

«Lei sa cosa sta cercando il nostro Maier?» le chiese la voce dello sconosciuto.

«Me ne sto facendo un'idea, lei invece lo sa bene, è per quello che ha rapito il professore.»

«Ognuno usa gli strumenti che ritiene opportuni per gli scopi che ritiene giusti. Quello che i suoi amici stanno cercando ha già un posto dove stare.»

«Cerchi di spiegarsi meglio» gli disse Margherita. «Se è vero che abbiamo cose in comune, potrei approvare la destinazione alla quale ha pensato, signor... come ha detto che posso chiamarla?»

«Ci siamo quasi» disse Darrigo nell'orecchio di Monti.

«Così rischia di offendermi, mia cara. Non penserà sul serio di imbrogliarmi con i suoi giochetti.»

«Nessun giochetto, signor Nessuno. Le avevo soltanto chiesto di essere più chiaro, per aiutarmi a comprendere le sue ragioni.»

«Lo farò sicuramente, quando avrò deciso cosa fare di quell'esile filo al quale è ancora appesa la patetica vita del vostro amico.» La conversazione sembrava terminata, quando dall'altoparlante del telefonino quella voce si rivolse ad Alan. «Maier, è lì anche lei?»

«Sono qui.»

«Cerchi di non perdere tempo, quell'esile filo potrebbe dipendere anche da lei.»

Attaccò.

«Minchia, c'eravamo quasi» disse Darrigo. «Niente da fare, troppo breve. Richiamalo, tienilo al telefono di più.»

«Non sono riusciti a tracciarlo» riferì Monti agli altri. «Proviamo a richiamarlo.»

Margherita richiamò il numero, ma la voce registrata dell'operatore telefonico avvertì che il telefono era spento.

«Allora dovremo fare in un altro modo» disse l'ispettore. «Devo chiedere i tabulati all'operatore, ma ci vorrà più tempo, perché mi servono un paio di firme.»

«Quanto tempo?» chiese Ugo.

«Tenere la cosa segreta non mi aiuterà certo a fare prima. Spero di avere risposte per domani pomeriggio.»

Rimasero in silenzio.

Fu Margherita la prima a parlare di nuovo.

«Domani sera Umberto cenerà con noi, non dubitatene» disse. «La ditta Monti e Darrigo non ha mai sbagliato un colpo.»

«Non abbiamo neppure sentito la sua voce» disse Giulia. «Non sappiamo neanche se è ancora vivo.»

Alan le si avvicinò.

«Monti e Darrigo faranno la loro parte, Giulia. Noi dobbiamo fare la nostra.»

Giulia annuì.

Margherita guardò Alan implorandolo di farsi più convincente. Lui, sfiorando il mento di Giulia con le dita, voltò il suo sguardo su di sé.

«Ho bisogno di te, Giulia.» Quella richiesta di aiuto sembrò scuoterla.

«Perché? Hai fatto tutto da solo.»

«Non è vero, sei stata tu a spostare la tartaruga sulla casa della spada nella roccia e del santo Graal.» Lei sorrise. «A quanto pare quel vecchio scemo di tuo padre non è l'unica persona ad aver preso questa storia così sul serio. E noi dobbiamo andare avanti, non possiamo fermarci adesso.»

Il rintocco di un enorme orologio attirò la loro attenzione.

«Mezzanotte» annunciò Margherita. «L'ora di ritirarsi. Se voi giovanotti volete rimanere ancora alzati fate pure. Ma vi avverto che domani sarà una giornata lunga e faticosa.» Alan e Giulia si alzarono dal divano e la seguirono con lo sguardo mentre si allontanava dal salone. Quando fu sulla porta si voltò verso di loro. «Non vi dimenticate, miei prodi, che domani andremo a cercare una spada nella roccia.»

«Perché non andiamo subito?» chiese Giulia.

«Perché non ha senso. E non voglio che voi ragazzacci arriviate a domani sera con una notte in bianco alle spalle. Non vorremo ricevere il professor Ardenti con delle brutte borse sotto gli occhi.»

Monti accompagnò Margherita verso la camera da letto.

Quando arrivarono davanti alla porta, Margherita si rivolse a Monti. I suoi occhi tradirono la commozione che fino a quel momento era riuscita a trattenere.

«Lo ritroveremo, non è vero?» chiese a Monti.

«Lo ritroveremo.»

24

«Galgano Guidotti nacque da Guido e Dionisa nel 1148, a Chiusdino, un piccolo borgo che sorge su un'altura non lontano dall'abbazia.» Giulia era seduta sul sedile posteriore della Mercedes, accanto a Margherita. Stava leggendo il materiale scaricato da internet sull'abbazia di San Galgano.

Monti era seduto al posto del passeggero. Ed era piuttosto teso. Alan gli aveva chiesto di poter guidare perché era l'unico modo per arginare il mal d'auto, ma mettendosi al volante decisamente di rado la sua guida era tutt'altro che rilassante.

«Galgano era fiero e prepotente, come gli altri cavalieri.» Giulia continuava a leggere. «Ma con il tempo iniziò a trovare vuoto quel modo di vivere e decise di cambiare. Così si ritirò sulla collina di Montesiepi per dedicarsi a una vita di eremitaggio, alla ricerca di una pace che gli consentisse di contemplare Dio. E come segno di rinuncia a ogni forma di violenza, prese la sua spada e la conficcò in una roccia. Sono in molti a ritenere che il mito di Galgano abbia influenzato le storie di Artù.»

Uscirono dalla statale e presero per una strada stretta e tortuosa che passava attraverso i boschi. Un percorso che rendeva la guida di Alan ancora più straziante.

«L'abbazia cistercense mostra disallineamenti e asimmetrie» riprese Giulia. «E persino un cambio verso materiali più scadenti, segno che a una prima fase, più regolare e con maggiore disponibilità economica, nel corso della quale sono stati realizzati absidi e transetto, ne è seguita una seconda, con lavori più affrettati e finanziamenti minori. L'abbazia era diventata talmente importante da minacciare persino il potere della vicina Siena, ma nel corso del suo declino, successivo al Cinquecento, è in pratica diventata una cava di materiali edili. Esposta a un continuo saccheggio che l'ha resa quel rudere mistico che è oggi.»

«Se non sbaglio hanno fatto delle ricerche anche di recente» disse Margherita.

«Sì, alla Rotonda di Montesiepi, la cappella che si trova vicino all'abbazia» confermò Giulia, passando in rassegna i file salvati sul notebook. «Pare che grazie a un'indagine eseguita con il georadar, condotta dall'università di Padova nel 2001, sia stata scoperta un'anomalia nel terreno, vicino proprio alla spada nella roccia. Qui parlano di una struttura a forma di parallelepipedo nel settore settentrionale, a due metri di profondità. Le cui dimensioni sarebbero simili a quelle di un sarcofago.»

«Speriamo di trovare pale e picconi al momento opportuno» disse Alan. «Qualcosa mi dice che voi ragazze vi siete convinte che troveremo davvero qualcosa, oltre a uno splendido paesaggio.»

«Stai invecchiando male, professor Maier» gli disse Margherita. «Ai bei tempi eri tu a dover convincere gli altri di significati nascosti e antiche cospirazioni.»

«Questo ti piacerà» gli disse Giulia. «Su quel sito web che parlava dell'Enigma di Galgano c'è scritto che la costruzione dell'intera abbazia sarebbe basata su forme e proporzioni che richiamerebbero la tomba di Meryatum, un gran sacerdote del tempio di Eliopoli e figlio di Ramses II.»

«Giulia, quell'abbazia è stata consacrata a metà del tredicesimo secolo, l'unico interesse che può avere nella nostra storia è se qualche sciroccato è arrivato fin qui a nasconderci qualcosa in tempi molto più recenti.»

«Se la spada nella roccia indica San Galgano, la coppa potrebbe indicare l'altare dell'abbazia» disse Margherita. «Se adesso lì dentro non c'è più niente dovremmo riferirci a quello che c'era.»

Dopo le ultime curve, il panorama si aprì sulla piana, al centro della quale si ergeva l'abbazia. Nessuna descrizione tra quelle trovate in internet, per quanto approfondita fosse, era riuscita a suggerire un'immagine simile. Mentre l'auto le si avvicinava, la struttura si imponeva al paesaggio con la sua maestosità decadente. Una chiesa fantasma.

Parcheggiata la Mercedes, Monti accompagnò Margherita a porgere i suoi saluti ai monaci. La famiglia Orsini sosteneva da sempre molte opere, sia pubbliche sia religiose. Non le fu difficile garantire ai suoi due *nipoti*, che erano venuti a trovarla, la possibilità di visitare l'abbazia in santa pace, lasciando aspettare per qualche minuto gli altri turisti, che avevano approfittato della domenica mattina per visitare la chiesa. E che nell'attesa dirottarono bambini e videocamere verso la Rotonda, ad ammirare la spada nella roccia.

«Se il disegno si presta a una lettura ascendente la spada nella roccia indica San Galgano, mentre la coppa è la specificazione ulteriore che ci consente di...» stava dicendo Alan varcando la soglia, quando il resto del discorso fu travolto dallo spettacolo di fronte al quale si trovarono tutti e quattro.

Il tetto dell'abbazia era stato completamente asportato e adesso era come se fosse il cielo a fare da soffitto alla chiesa. Dalle aperture delle finestre, alle quali non c'erano più vetrate, la luce invadeva il prato che ne costituiva il pavimento.

Attorno a loro lo scheletro dell'abbazia sembrava fondersi nel paesaggio, diventando una sorta di tempio della natura.

Margherita inspirò profondamente l'aria, che sapeva di erba e incenso raccolto dal vento nella vicina cappella.

Alan e Giulia percorsero l'intera navata centrale sfiorando le colonne, con gli occhi rivolti verso l'alto.

«In questa zona si trovava probabilmente l'abside» disse Alan spostandosi verso il fondo della navata centrale. «E quindi l'altare era poco più avanti.»

«Più o meno a un paio di passi da dove ti trovi» disse Margherita, mentre Monti spingeva la sua sedia. «Fidati, sono venuta qui spesso con Umberto. A volte ci organizzano concerti e il professore non riesce a fare a meno di dilungarsi nelle sue elucubrazioni su questo posto.»

Alan fece due passi in avanti.

«Esatto, più o meno il punto è quello, come vedi coincide con le finestre.» Spiegò Margherita, indicando le aperture sopra di loro. «All'ora in cui veniva celebrata la messa, in primavera, la luce di solito tendeva a indirizzarsi verso l'altare.»

«Se tutto torna, adesso dovremmo capire a cosa si riferisce il III che si trova alla destra della coppa nel disegno» disse Giulia.

Alan continuava a guardarsi intorno. «Purtroppo, potrebbe riferirsi a qualcosa che non c'è più da molto tempo. Potremmo non saperlo mai. Qui sono rimaste soltanto le colonne.»

«Proprio così» disse Margherita. «Le colonne, Alan.»

«Le colonne, giusto» confermò Giulia.

«La terza colonna a destra dell'altare» concluse Alan, che si avvicinò al colonnato e cominciò a contare.

«Eccola, è questa.»

In pochi secondi si disposero a cerchio attorno alla colonna.

«E ora?» chiese Giulia.

«Non so, proviamo con... Abracadabra?» disse Alan.

«Cos'è quello?» Margherita indicò in basso.

Alan si avvicinò alla base della colonna. Una pietra sembrava diversa dalle altre, leggermente più scura. Le passò le dita intorno.

«Sembra staccata da tutto il resto. Mi servirebbe qualcosa per provare a toglierla.»

«Prova con questo.» Monti gli porse un piccolo coltello.

«Come farei senza di te, mio caro» lo ringraziò Margherita.

Con una leggera pressione, Alan riuscì a scostare la pietra da un lato. Con la stessa manovra ottenne il medesimo risultato sul lato opposto. Con le dita, infine, sfilò la pietra dal suo incasso. Era profonda soltanto pochi centimetri.

Si abbassò ancora per guardare cosa ci fosse dentro. Giulia gli si accovacciò accanto porgendogli il cellulare.

«Vuoi fare una telefonata?» le chiese Alan.

«Quanto a spirito di iniziativa a volte lasci a desiderare.» Premendo un tasto del telefonino illuminò il display e lo puntò nella cavità per fare luce.

Riuscirono così a vedere una placca di metallo con un pentacolo inciso sopra.

E il buco di una serratura.

«La chiave che abbiamo trovato nel bastone» disse Giulia frugandosi in tasca. Quando l'ebbe trovata la porse ad Alan. «Proviamo.»

Alan prese la chiave. Margherita e Monti seguivano ogni loro mossa.

La chiave calzò alla perfezione all'interno del buco. Alan esercitò una leggera pressione. La chiave si girò e oltre la placca di metallo scattò qualcosa che la spinse in avanti.

«È uno sportello» disse Alan, aprendolo.

Giulia teneva fissa la luce del cellulare per illuminare l'interno della minuscola cavità. Alan aprì e sulla superficie interna dello sportello trovarono incisi due numeri: 5 e 3. Ma non fecero in tempo a chiedersi cosa volessero dire, perché Alan estrasse dalla nicchia un piccolo oggetto di legno, simile a un uovo.

«Un uovo?» chiese Giulia. «Avrà a che fare con l'oca?»

«Dentro potrebbe esserci qualcosa» disse Alan.

Fece di nuovo forza con il coltellino e riuscì ad aprirlo.

25

Margherita aveva fatto preparare a Lorenzo qualche piatto freddo, sandwich al prosciutto e tartine con burro e salmone affumicato, la passione di Alan. Accompagnato da tè freddo e succo d'arancia, il tutto era stato servito sotto il chiosco della fontana.

Giulia stava passeggiando a piedi nudi nell'erba, attorno al chiosco dove Alan e Margherita erano seduti, tra bicchieri e piattini, concentrati nella loro caccia al tesoro. Alla quale Giulia non riusciva ancora a dedicarsi del tutto, perché camminando nell'erba sentiva i suoi pensieri allontanarsi spesso da lì e andare verso il professore. Aveva avuto così poco tempo per conoscerlo, ma tra loro era nato un rapporto che andava al di là di quanto si era aspettata il giorno che era arrivata a Siena.

Un giorno di pioggia intensa, che non si sarebbe mai dimenticata. Umberto era nel suo ufficio, all'università. Giulia si era messa in coda agli altri studenti che dovevano parlare con il professore. Alla fine, era ormai sera quando l'ultimo degli studenti era uscito dalla stanza. Il corridoio era illuminato da una debole luce gialla. Giulia si era affacciata all'interno dello studio.

«Ah, ce n'è un altro allora» aveva detto suo padre, sorridendole. «Devo starci più attento quando organizzo le giornate di ricevimento.» Giulia era entrata nella stanza. Era arrivata fin lì per quel motivo, ma adesso non sapeva cosa fare.

«La metto in guardia, se è qui per chiedere la tesi ne parliamo il prossimo anno, sempre che nel frattempo non trovi una soluzione alternativa. Ho fatto caso, per esempio, che le giornate di ricevimento del Pratesi vanno continuamente deserte.»

Giulia aveva fatto un respiro profondo e aveva buttato tutto fuori.

«Mi chiamo Giulia Sereni, sono la figlia di Patrizia. Mi hanno detto che lei è mio padre.»

Un'ora dopo erano in osteria a raccontarsi tutto.

«Questa è la prova che siamo sulla strada giusta.» La voce di Margherita la riportò al presente. Alan aveva ripreso a fumare, girandosi tra le dita il curioso oggetto che Margherita aveva estratto dall'uovo di legno. «Se avevi paura di perderti tra indizi male interpretati, questo dovrebbe rassicurarti, professore. Il sentiero di cui parlavi esiste e ogni indizio che troveremo sarà la prova che siamo sulla strada giusta.»

«Di questo non ne sarei così sicuro» le rispose. «Ma d'altronde non vedo cos'altro potremmo fare.»

«Per esempio potresti cominciare a illuminarci sul significato di quei segni» gli disse Giulia, tornando a sedersi sotto il chiosco.

Alan appoggiò l'oggetto ritrovato nell'uovo di legno sul tavolino che aveva di fronte. Una pregiata imbottitura di velluto rosso aveva tenuto al sicuro quel contenuto. Era una chiave. Una piccola chiave di ferro simile per dimensioni e forma a quella che avevano trovato nel bastone, dalla quale differiva soltanto per un disegno che le era stato inciso sopra l'impugnatura. Un triangolo attraversato da una linea orizzontale.

«È il simbolo dell'Aria» disse Alan, indicando l'incisione. «Ed ecco che gli elementi ritornano in questa storia. Ricordate? Gli elementi proteggono la Fenice.» Gli altri stavano ascoltando. «La prima chiave che abbiamo trovato non aveva alcuna incisione, potrebbe rappresentare la Quintessenza, che essendo spirito e mistero non è stata rappresentata con simboli espliciti. Mentre per gli altri quattro elementi, questi sono i codici più usati, triangoli e barre. Vedrete, il quinto elemento servirà a liberare gli altri quattro.»

«Quindi, adesso dovremo tirare di nuovo il dado, spostarci nella prossima casa e trovare un'altra chiave» disse Giulia.

«E un altro numero, come quello inciso sullo sportello di metallo che chiudeva la nicchia nella colonna dell'abbazia» aggiunse Margherita. «Ovvero il numero che dobbiamo giocare.»

«Questo potrebbe voler dire che in ogni casa troveremo una chiave e un numero» concluse Giulia. «E saranno la prova che siamo sulla strada giusta.»

Alan sembrava sprofondato nel disegno della donna che gli porgeva la palma. Poi fu la voce di Margherita a riportarlo sotto il chiosco. «Se il professor Maier riemergesse dal coma in cui è sprofondato potremmo dedicarci alla nostra partita.»

«C'è poco da fare» le rispose. «Se questi ragionamenti sono corretti abbiamo un cinque e un tre, trovati nella colonna di San Galgano. Considerandoli come i risultati del lancio di due dadi da sei comunemente usati per questo gioco, non ci resta che sommarli e muovere la pedina.»

«Quindi, abbiamo fatto otto» disse Giulia spostando la tartaruga sulla casa con il numero 18. Sulla quale si trovava di nuovo un'oca.

«Partita fortunata, due tiri e due oche» commentò Alan invitando Giulia a spostare la tartaruga di altre otto posizioni e raggiungere la casa numero 26.

«E adesso è il momento dell'esperto» disse Giulia.

Alan si avvicinò per studiare il disegno con l'aiuto di una lente di ingrandimento che Margherita si era fatta portare in giardino. Con la pipa ricurva in bocca e la lente in mano puntata sulla tela, era evidente per quale motivo Umberto lo chiamasse Holmes.

«In questo disegno abbiamo uno scontro tra le forze del bene e le forze del male» disse appoggiando la lente sul tavolo. «Qui c'è un prete che ha in mano alcuni fogli, sotto di lui, nascosto in una specie di grotta, un piccolo diavolo ha in mano un pentacolo.»

«Quello non è un prete» lo corresse Margherita, quando Alan voltò verso di lei il tabellone di gioco. «Quello è l'arcidiacono Sallustio Antonio Bandini.»

«Il fondatore della biblioteca di Siena, se non sbaglio. Cosa ti fa venire in mente?» le chiese Alan.

«Prima di tutto, che Bandini è vissuto tra la fine del Seicento e la prima metà del Settecento. Poi, che il disegno che mi stai indicando sembra rifarsi alla statua che si trova in piazza Salimbeni, vicino all'appartamento dove vive Umberto. E in ultimo, che la statua è stata realizzata, mi sembra dal Sarrocchi, intorno al 1880.»

«Il che vuol dire che questa tela è molto più recente di Aringhieri e tutto il resto» disse Giulia. «Che senso ha?»

«Se la città di Siena nasconde un percorso iniziatico di questo tipo» disse Alan «è probabile che chi lo ha custodito negli anni abbia dovuto cambiare qualcosa. Una città cambia, negli anni scompaiono palazzi e ne sorgono di nuovi, è logico che qualcuno si sia occupato di questo percorso. Il che confermerebbe l'esistenza di una società, una confraternita, un gruppo di persone che non so a quale titolo si sarebbe occupato di tutto questo per molto tempo.»

«Quello che dovrebbe preoccuparti, giovanotto, è la prossima chiave» gli disse Margherita. «E stavolta potrebbe non essere una passeggiata come quella che hai fatto a San Galgano.»

«Di cosa stai parlando?»

«Di piazza Salimbeni, tesoro. La piazza dove si trova il monumento al Bandini.»

«Cos'è che ti preoccupa?»

«Lì c'è la sede centrale del Monte dei Paschi di Siena.»

«La banca?» le chiese Giulia.

«Proprio quella, tesoro.»

«Potrebbe non essere un nascondiglio» disse Alan. «Forse è solo un'indicazione del prossimo numero da giocare.»

«Perché lo pensi?» gli chiese Giulia.

«Perché voglio sperare che non abbiano nascosto la prossima chiave all'interno di una banca.»

«La cosa migliore è andare a dare un'occhiata» disse Margherita.

Alan guardò l'orologio, non erano ancora le 15.

«Farà un gran caldo» disse alzandosi.

«Si riparte» disse Giulia portandosi dietro Margherita per aiutarla a spingere la sedia a rotelle.

Ma lei la fermò.

«No tesoro, lascia stare. Troppe emozioni tutte insieme, per me. E troppe cose da fare, per voi. A questo giro passo e vi aspetto qui.»

Giulia le prese la mano.

Margherita la strinse.

«Vedrai che il tuo professore tornerà presto, mia signora» le disse Alan.

Margherita sorrise.

«Adesso devi andare a fare il tuo lavoro, giovanotto.»

Si allontanò, verso casa.

«È molto legata a mio padre, non capisco perché non me l'abbia fatta conoscere.»

«Invecchierai prima di capire il comportamento di tuo padre» disse Alan. «E sì, Margherita gli è molto legata. È l'unica amicizia del professore che sia sopravvissuta così a lungo.»

«Come si sono conosciuti?»

«Lei è su quella sedia da quando era bambina, a causa di una malattia. Poi un giorno, ormai quarant'anni fa, uno studente strampalato si presentò da suo padre per avere il permesso di studiare alcune sculture che si trovano nel loro giardino.»

«Mio padre?»

«Proprio lui. E siccome Margherita lo trovava divertente al punto di uscire di casa, per la prima volta dopo anni, per andarlo a osservare mentre lavorava, suo padre mise a disposizione del giovane Ardenti tutto ciò di cui aveva bisogno. E Margherita ha continuato a farlo, negli anni successivi, finanziando molte iniziative del professore.» Alan rimase a guardare la figura di Margherita che scompariva nell'ombra dell'ingresso. «E lo ha fatto sempre con lo stesso entusiasmo.»

«Però adesso mio padre è di te che ha bisogno.»

Alan si voltò verso Giulia. Le sorrise e annuì. Prese la giacca dalla spalliera della sedia e con un inchino le rivolse l'invito a precederlo.

Ma prima di seguirla, i suoi occhi si fermarono ancora per qualche istante sul tabellone del gioco. La figura disegnata nella casa numero 26 era senza dubbio Bandini. Ma ciò di cui aveva abilmente evitato di parlare era la seconda figura presente nell'illustrazione. L'intera tela era costellata di strane creature, alcune delle quali fissavano il giocatore con uno sguardo minaccioso. Una di queste era quella che stringeva nelle mani un pentacolo, nascosta nella grotta, attraversata da un corso d'acqua, sotto l'arcidiacono senese.

Un goblin, un folletto, una specie di piccolo demone, una creatura della notte.

Un'antica minaccia.

26

Arrivarono in centro con la Jaguar di Margherita. Alan aveva preferito rinunciare all'autista per via del solito mal d'auto. Fortunatamente gli Orsini avevano un posto riservato in un garage, il che gli evitò la manovra per parcheggiare.

«Non capisco perché insistano a farle così grosse» disse consegnando le chiavi.

La piazza era affollata di turisti. Una situazione che li avrebbe messi al sicuro da eventuali inseguitori.

D'un tratto da via Banchi di Sopra sopraggiunse un forte suono di tamburi. Dopo pochi minuti apparve il corteo di una contrada.

Alan e Giulia si spostarono, lasciando libero il passaggio. Il corteo avanzava tra bandiere e tamburini al seguito, passando attraverso un tripudio di flash, tra macchine fotografiche e telefonini.

Lo spettacolo aveva del tutto rapito Giulia, mentre Alan iniziò a studiare la piazza che la casa numero 26 indicava sul tabellone di gioco.

Ricapitolò le informazioni. La piazza era chiusa su tre lati da palazzi imponenti: Palazzo Salimbeni al centro, Palazzo Tantucci a sinistra e Palazzo Spannocchi a destra. Il monumento di Bandini, rivolto verso l'unico lato aperto, poggiava su un imponente basamento. Sul quale un gruppo di ragazze dai lineamenti orientali, tutte con zaino e macchina fotografica, stava gustando un gelato.

Alan si avvicinò e cominciò a setacciare l'intera struttura. Giulia lo raggiunse.

«Non promette niente di buono» disse Alan. «Non vedo alcuna pietra sconnessa. Del resto, mi sembrava impossibile. È un luogo troppo affollato per una cosa del genere.»

Le ragazze sedute sugli scalini, infastidite dall'intrusione di quello strano sconosciuto, si allontanarono.

«Potremmo aver sbagliato casa» suggerì Giulia.

«Non vedo come, se il numero da giocare era quello inciso sullo sportello di metallo che abbiamo aperto nella colonna dell'abbazia, non ci sono grosse possibilità» le rispose Alan distraendo lo sguardo dalla statua per rifare i conti. «Cinque più tre fa otto. Eravamo sulla casa dieci ed era giusta perché lì abbiamo trovato una chiave. Dieci più otto fa diciotto, su quella casa c'era un'oca e diciotto più otto fa ventisei.»

«E se l'abbazia di San Galgano fosse stata un trabocchetto?»

«Una falsa pista? Farci trovare qualcosa per convincerci di essere sulla giusta strada e dirottarci qui, in un vicolo cieco?»

«Qualcosa del genere.»

«Non possiamo escluderlo, ma vorrei capire a cosa si riferisce l'altro personaggio ritratto nella casa 26.»

«Quella strana creatura. Potrebbe esserci una seconda statua all'interno di questo basamento.»

«Stavo riflettendo su questo» le rispose Alan sfiorando con le dita il basamento, che conferiva al monumento la sua assoluta imponenza al centro di piazza Salimbeni. «Qua dentro potrebbe in effetti trovarsi qualcosa, lasciata qui in accordo con il costruttore o inserita in un secondo momento.»

«Rimediamo un paio di picconi e apriamoci un varco.»

Alan si voltò verso di lei.

«Stavo scherzando, ovviamente.»

«Già, forse è meglio trovare un altro sistema.»

Margherita era rimasta accanto alla finestra, con lo sguardo rivolto alla fontana e alla vasca, nella quale non aveva mai voluto mettere pesci.

«È giusto, non c'è niente di peggio di un acquario o di una voliera.» La voce di Umberto sembrava riemergere dal tempo. Margherita avrebbe affidato agli anni successivi il compito di spiegare al professore quella sua ritrosia per le gabbie dorate.

Quel giorno lo osservava mentre si era soffermato proprio sulla figura femminile all'interno della fontana, che reggeva in mano un'anfora dalla quale usciva l'acqua. Margherita era di nuovo uscita in giardino per seguire da vicino il lavoro di quel bizzarro individuo che aveva l'aspetto di un artista squattrinato e innamorato di tutto, uno di quei ragazzi che stavano occupando le università e parlavano di poesia, di fiori, di pace e musica rock. Non capiva come suo padre avesse potuto accettare che quel tipo girasse indisturbato nella loro proprietà.

Portava sempre con sé una piccola radio, grazie alla quale Margherita aveva scoperto i Rolling Stones.

Per quanto appartenenti a due mondi così diversi, sentiva di avere qualcosa in comune con quello strano individuo.

«Le reazioni alchemiche governano i rapporti tra le persone» le aveva detto lui sedendosi sul bordo della vasca.

«L'alchimia non è qualcosa tipo la magia?» Margherita era rimasta sotto il chiosco per proteggersi dal sole.

«È piuttosto il momento di incontro tra scienza e magia. Ma la chimica moderna viene tutta dall'alchimia. Persino Isaac Newton era un alchimista convinto.»

«E tra le persone cosa succederebbe di chimico o di magico?»

«La simpatia, ciò che rende piacevole il tempo che passiamo insieme noi due, per esempio.»

Nella vita di Margherita, fino a quel momento, quella frase era stata l'unica dichiarazione di un qualche tipo di sentimento nei suoi confronti che non fosse arrivata dai suoi genitori. Era stata ciò che aveva impresso quella giornata nella mente di una ragazzina, che avrebbe portato quel ricordo con sé per tutta la vita.

Adesso Margherita era ferma più o meno nello stesso punto del suo chiosco. Osservò il tempo trascorso sulle sue mani. E rivolgendo di nuovo lo sguardo verso la fontana, vide quel giovane studioso allungarsi verso la forma femminile al centro della vasca.

«Stai attento o ci cadrai dentro» gli aveva detto.

«Non ti preoccupare, è solo che ho la netta sensazione che sotto quest'anfora ci sia un'incisione, il che potrebbe aiutarmi ad avanzare alcune ipotesi riguardo...»

Il tuffo era stato impressionante.

Margherita era uscita dal chiosco spingendo la sua sedia a rotelle fino al bordo della vasca. Per la prima volta dal giorno in cui suo padre l'aveva messa a sedere sulla sedia a rotelle, non aveva sentito il bruciore del sole sulla pelle. In pochi secondi Umberto era riemerso dall'acqua, con un cappello di foglie marce e alghe.

«Avevi ragione, era scivoloso.»

Margherita aveva riso così forte che l'eco di quel momento la raggiunse a distanza di quarant'anni, mentre su una sedia molto più comoda di quella di allora si era di nuovo avvicinata alla vasca.

Chiuse gli occhi e inspirò profondamente, raccogliendo dentro di sé l'odore di erba bagnata.

Quando li riaprì, vide Monti attraversare il giardino: stava correndo verso l'ingresso.

27

La luce del tardo pomeriggio illuminava il monumento al Bandini.

Alan si era appoggiato al muro e continuava a studiarlo con la pipa accesa tra le labbra.

«La chiave di tutto è quel demone» disse Giulia avvicinandosi.

«Cosa ti dice che sia un demone?»

«Cos'altro potrebbe essere?»

«Sembrerebbe piuttosto un folletto, un goblin. Un orchetto, di quelli che ci sono nei giochi di ruolo tipo *Dungeons and Dragons*. Una figura che sembra... hai presente Gollum?»

Ma il discorso fu interrotto dal suono del cellulare.

Pochi minuti dopo, Alan e Giulia avevano già raggiunto il garage per recuperare la Jaguar.

«Appena trovata la cellula dell'operatore telefonico abbiamo controllato il territorio e li abbiamo trovati. Sono in un casolare abbandonato, un rudere, che si trova a poche centinaia di metri dalle rovine del castello di Crevole, vicino Murlo.» Darrigo era arrivato alla tenuta Orsini, dove Margherita e Monti lo stavano aspettando, con la sua auto, un'Alfa Romeo scura, perché tutta l'operazione si stava svolgendo fuori da qualsiasi protocollo di polizia giudiziaria e questo aspetto sconsigliava di utilizzare mezzi di ordinanza.

«Avete trovato a chi è intestata l'utenza?» chiese Monti.

«No, forse la scheda è acquistata all'estero comunque è una di quelle *senza nome*. Un lavoro pulito, senza sbavature.»

In quel momento la Jaguar con Alan e Giulia entrò nel piazzale.

Superata una curva piuttosto stretta, apparvero le rovine di Crevole, sommerse dal bosco. Il castello medievale, ormai in rovina, sembrava risplendere della luminosità rossastra del tramonto.

Monti aveva preso il suv, un Cherokee attrezzato di tutto, e su quello stavano seguendo l'auto di Darrigo, che mise la freccia e si fermò su una piazzola d'emergenza circondata dagli alberi e da una fitta vegetazione.

Parcheggiata nello spiazzo c'era un'altra auto, dalla quale uscirono due persone.

«Questi sono gli uomini che diceva l'ispettore?» chiese Margherita mentre Monti parcheggiava il fuoristrada nella piazzola.

«Sì, sono loro» le rispose, prima di uscire per riunirsi con i poliziotti.

Gli agenti fidati di Darrigo erano una donna e un ragazzo che sembrava molto giovane.

L'ispettore capo si appoggiò al cofano della sua auto, passandosi la mano sulla fronte calva e sudata. Con un sorriso salutò i tre occupanti del fuoristrada. Aveva chiesto a Monti di lasciarli a casa, ma Margherita non aveva posto l'argomento in discussione.

Dopo qualche minuto di conversazione, Monti tornò all'interno dell'auto per spiegare tutto agli altri.

«Ci avvicineremo sperando di non dare nell'occhio e quando saremo a portata di tiro, due di noi tenteranno un'incursione e gli altri due lavoreranno di copertura.»

«Non è un piano un po' pericoloso?» gli chiese Giulia.

«Darrigo ha gestito situazioni più difficili in passato. Tutto sta nel convincere i rapitori che non hanno via d'uscita e che quindi è inutile tentare di fare qualche stupidaggine.»

Il sole era ormai tramontato e la sera calava sul bosco quando arrivarono all'abitato di Murlo. Le tre auto sembravano le uniche cose che si muovevano in quel paesaggio immobile. Decisero di fermarsi a ridosso del paese per aspettare che il buio offrisse una copertura più completa.

Darrigo bussò al finestrino.

«Il casolare è a qualche centinaio di metri, ma da qui non si vede perché è protetto dagli alberi e da quella collina. Facciamo come avevamo detto. Secondo i miei uomini sono in due.»

«Uno già lo conosco» disse Monti.

«Bene.» Darrigo aprì la portiera per farlo uscire. Margherita lo trattenne, afferrandogli l'avambraccio.

«Mi spiace di averti messo in questa situazione.»

«È il mio lavoro» le rispose, con una serenità disarmante. Non aggiunse altro, uscendo dall'auto. Si tolse la giacca e la cravatta, arrotolandosi le maniche della camicia fino ai gomiti per essere più libero nei movimenti. Strinse la fondina ascellare per renderla più aderente. Darrigo gli passò accanto, appoggiandogli il pugno sulla spalla.

I quattro si allontanarono scomparendo nell'oscurità che ormai avvolgeva il bosco.

Alan aveva acceso la pipa. Anche i suoi occhi erano rivolti in quella direzione. Ma aveva come l'impressione che qualcosa lo stesse osservando. Una strana creatura nascosta nel buio che aveva in mano un pentacolo.

28

Darrigo fu il primo a intravedere nel buio i resti del casolare. La torre delle rovine di Crevole, a pochi metri, si stagliava spettrale contro la luna.

I quattro avanzarono nell'ombra, passando da un albero all'altro. Quando furono abbastanza vicini, Monti si accorse di una debole luce che proveniva da una delle aperture del rudere. Indicò la direzione a Darrigo, che fece cenno agli altri di dirigersi da quella parte.

Si avvicinarono di altri metri. I due agenti presero posizione, tenendo sotto tiro l'apertura dalla quale usciva la luce che sembrava quella di un fuoco acceso.

La donna era andata avanti, arrivando con le spalle al muro della struttura. Con la pistola tenuta stretta in entrambe le mani, di fronte al viso, scivolò lungo quel che rimaneva della parete, fino a raggiungere l'apertura illuminata.

L'altro era dalla parte opposta, nascosto dietro un albero e pronto a schizzare fuori. Quando la donna fece cenno a Darrigo, lui e Monti si avvicinarono al rudere fino ad appoggiare la schiena al muro, uno da una parte e uno dall'altra dell'apertura.

Darrigo mosse le labbra senza emettere alcun suono, lasciando che Monti leggesse il labiale *Vado io*.

Monti annuì con la testa.

Sorrise.

Ed entrò.

«C'è un buon ristorante qui. La sua specialità è il coniglio all'etrusca.» Margherita cercava di impegnare la mente in qualcosa che non fosse l'ansia. «Prenotando per tempo si può prendere un tavolo sulla terrazza esterna e al tramonto è uno spettacolo.» Aveva chiesto ad Alan di portare l'auto un po' in alto, per provare se da lì si vedesse qualcosa di quanto avveniva nel bosco. Ma la vegetazione era troppo fitta e del resto il rudere era dietro una collina. Così Margherita aveva chiesto a Giulia di aiutarla a scendere dall'auto per respirare un po' il fresco della sera e adesso guardava in direzione del borgo di Murlo.

Giulia le chiese qualche particolare sul coniglio all'etrusca. Poi prese dal suo zaino un maglioncino a strisce colorate e lo appoggiò sulle spalle di Margherita.

«Alan, non ti andrebbe di...»

L'eco di un qualcosa che sembrava uno sparo la interruppe.

Una nube di uccelli si alzò in volo.

Alan oltrepassò la jeep avvicinandosi al bosco.

«Cos'era?» disse Giulia.

Ma lui senza fermarsi si avvicinò ancora al bosco per tentare di capire. Di nuovo due spari, che stavolta sembravano più vicini.

«Cosa sta succedendo Alan? Vedi qualcosa da lì?» gli chiese Margherita, cercando di avvicinarsi. Ma si fermò quando vide Alan andare ancora avanti, fino a scomparire tra gli alberi.

Margherita e Giulia si strinsero le mani tenendo gli occhi puntati sul punto esatto in cui Alan si era immerso nella boscaglia. Quasi trattennero il respiro aspettando che riemergesse dagli alberi.

Poi dal bosco arrivarono rumori incomprensibili.

E dopo qualche attimo di smarrimento, videro Alan uscire a corsa dalla boscaglia, diretto verso di loro.

«E ora cerchiamo di stare tutti calmi.» La voce di Monti era ferma. Appena entrato all'interno del casolare si era trovato di fronte lo stesso tizio con il quale si era scontrato nell'appartamento di Ardenti. Soltanto che stavolta il suo avversario non era stato colto di sorpresa: lo stava aspettando, con la pistola spianata verso di lui. Darrigo si era trovato nella stessa condizione pochi attimi dopo, mentre un secondo rapitore era uscito dal buio, tenendo la sua pistola puntata alla testa di un uomo ferito.

Era Ardenti.

Monti aveva notato subito che si reggeva un braccio con l'altro.

La stanza era illuminata da un piccolo fuoco che avevano acceso per terra. Mentre tutto intorno c'erano sacchetti di supermercato, scatolette di tonno e lattine di birra ammucchiate da una parte.

«Non facciamo minchiate, ragazzi» disse Darrigo. «Se la finite qui è meglio per tutti. Ci sono dieci uomini qui fuori con le armi puntate, non riuscirete mai ad andarvene con l'ostaggio.»

L'uomo con il quale Monti si era già scontrato il giorno prima si avvicinò.

«Toglietevi di mezzo o di qui non esce vivo nessuno.»

«Che intenzioni avete? Vi ho detto che ho dieci...» provò a ripetere Darrigo, ma il tizio che teneva il professore sotto tiro lo interruppe: «Avete due uomini piazzati là fuori e siete arrivati a piedi, smettila di raccontare stronzate.»

Tutto il resto, avvenne in una manciata di secondi.

Qualcosa scoppiò nel fuoco, forse un ciocco più umido o un accendino dimenticato troppo vicino alle fiamme. Il primo uomo fece un movimento brusco con la pistola in mano. In quel momento l'agente nascosto tra gli alberi, che nel frattempo si era avvicinato, fece irruzione all'interno del rudere. Uno sparo partì dalla pistola dell'uomo che Monti aveva affrontato nell'appartamento di Ardenti. Il proiettile prese l'agente di Darrigo al braccio. L'altro rapitore, tenendo Ardenti con una pistola puntata alla testa, con l'altra mano aveva preso una seconda pistola che adesso teneva spianata contro gli altri. Mentre il suo complice teneva sotto tiro i poliziotti, l'uomo che teneva in ostaggio il professore uscì dalla stanza. Darrigo udì il rumore dello sportello di un'auto che si chiudeva.

L'altro agente di Darrigo, la donna, era rimasta all'esterno, tenendo la posizione con le spalle appoggiate al muro del rudere. Quando si era accorta che qualcosa si stava muovendo in corrispondenza di un'altra apertura del rudere, si era posizionata stendendo le braccia e puntando la pistola, per tenere sotto tiro qualsiasi cosa fosse passata da lì.

Aspettò che l'auto uscisse dal casolare per sparare all'altezza delle ruote. Poi di nuovo un secondo colpo. Ma l'auto si infilò nel bosco prima ancora che l'agente riuscisse a capire se i proiettili fossero andati a segno.

I rapitori raggiunsero la parte alta della collina. L'agente udì lo stridio dell'acceleratore e riuscì appena a vedere l'auto che si lanciava in discesa nell'altro versante.

«Tutto bene dottore, mi ha preso di striscio.»

L'agente di Darrigo si era rialzato. Il braccio era indolenzito e ferito, ma il proiettile si era piantato nel muro. Appena si rese conto che le condizioni del suo uomo erano buone, Darrigo saltò fuori dal casolare e si mise a correre in direzione dell'auto.

«Controlla la zona, se ci hanno visti arrivare vuol dire che ce n'è un altro» urlò al suo uomo.

L'auto dei rapitori sfrecciava tra gli alberi. L'uomo con la cicatrice teneva il professore sotto tiro con la pistola e gli occhi puntati oltre il lunotto alle loro spalle. Erano seduti sui sedili posteriori.

Con una rapida sterzata il professore preso in ostaggio andò a sbattere contro la portiera e lanciò un urlo.

Con gli ultimi colpi di sterzo e gas, il pilota riuscì a portare l'auto fuori da bosco. E fu in quel momento che si rese conto di un altro mezzo, con le luci accese, proprio di fronte a loro.

Dalla distanza dei fari da terra sembrava un fuoristrada.

Giulia e Margherita avevano visto Alan entrare a corsa nel Cherokee e accendere il motore, ma soltanto quando l'altra auto uscì dal bosco fu chiaro cosa avesse intenzione di fare.

Alan ingranò la marcia e lanciò un urlo che risuonò tutto intorno oltre il rombo delle auto: «Bauceant!»

A tutti coloro che la udirono sembrò una parola francese, ma soltanto il professor Ardenti, dolorante e stordito, riconobbe il grido di guerra dei Cavalieri Templari che si lanciavano nella battaglia.

TERZA PARTE

SULLE TRACCE DEL CAVALIERE

29

«Umberto ha soltanto una spalla slogata, non devi preoccuparti.» Il professor Aurelio Masieri era il primario della clinica privata alla quale Margherita si rivolgeva ogni volta che aveva un problema. «Però preferisco ugualmente trattenerlo qui stanotte, era molto agitato e lo abbiamo calmato un po'. L'altro potete portarvelo indietro.»

A quelle parole Alan uscì da una porta con un vistoso cerotto che gli copriva il sopracciglio. Fortunatamente, qualcosa nel bosco aveva danneggiato gli pneumatici dell'auto dei rapitori, che appena finita la spinta della discesa aveva rallentato la corsa già prima dell'impatto con il Cherokee.

Darrigo aveva seguito i due rapitori fino all'ospedale, per avere la possibilità di parlare con loro, prendendoli a parte, per chiarire l'unico aspetto ancora irrisolto della faccenda: il terzo uomo, quello che li aveva visti arrivare.

«Domani ti faccio sapere» aveva detto a Monti, salendo sull'ambulanza che aveva caricato i due feriti.

A estrarre Umberto dall'auto era stato un traballante Alan Maier, appena uscito dalla jeep. Anche il professore aveva risentito del colpo, ma l'idea che Alan si fosse lanciato contro il nemico urlando il grido di battaglia dei Templari gli aveva restituito un certo buonumore, che lo aveva accompagnato in quei pochi secondi di sollievo prima di perdere definitivamente i sensi.

«Come stai?» gli chiese Giulia quando Alan si chiuse la porta alle spalle, nella corsia della clinica privata.

«Ho avuto un paio di giornate piuttosto pesanti» le rispose, cercando di togliere dalla giacca la terra che aveva raccolto quando dopo aver adagiato accanto all'auto il corpo di Umberto gli si era sdraiato a fianco per prendere fiato. Disteso sullo sterrato della strada, il volto di Giulia era stato il primo che aveva visto comparire, mentre i poliziotti erano indaffarati con le auto.

«Mi hai rovinato la macchina» gli disse Margherita. Alan le si avvicinò e lei si protese per abbracciarlo. «Avvertimi la prossima volta che decidi di fare una pazzia del genere, giovanotto.» E prima di lasciarlo andare, gli sussurrò all'orecchio «Sono fiera di te.»

«Bel lavoro, professore» gli disse Monti. «Ma se lo rifai con la Jaguar ti sparo.»

Il professor Masieri li accompagnò verso l'uscita della clinica, ma arrivati alla porta Giulia si fermò.

«Io se non vi dispiace vorrei rimanere qui con mio padre.»

«Ma certo, tesoro» le disse Margherita. «Se hai bisogno di qualcosa o se ci sono novità non esitare a chiamare.»

Giulia annuì. Poi i suoi occhi scivolarono su quelli di Alan. Margherita, con un buffetto discreto sulla gamba di Monti, si fece accompagnare all'auto, lasciandoli soli.

«Spero che le tue prossime giornate siano meno pesanti» disse Giulia.

«Se alla fine dovessero essere troppo noiose confido in te per movimentarle un po'.»

In un lungo attimo di silenzio cercarono entrambi cosa aggiungere. Poi, Giulia gli si avvicinò e lo baciò su una guancia.

«A domani» gli disse.

Nella notte una grossa auto nera si allontanò da Murlo. All'interno c'erano due uomini. Uno era alla guida, l'altro era seduto sul sedile posteriore con un tablet sulle ginocchia. Stava cercando alcune informazioni in internet.

«Dove siamo diretti?» chiese l'uomo al volante.

Attese la risposta tenendo lo sguardo fisso nello specchietto retrovisore, quando vide emergere dall'ombra gli occhi chiari e gelidi del Maestro.

«Dobbiamo spostarci, amico mio, ma il nostro lavoro non è ancora finito.»

30

Margherita riconobbe il rumore dell'auto.

Aveva fatto preparare il tavolo per la colazione sotto il chiosco della fontana, non appena Giulia aveva chiamato per dire che Umberto stava bene e che sarebbero arrivati nel giro di un'ora.

Umberto stava tornando. Salvo.

Lo attese sotto il chiosco, da dove lo avvistò mentre camminava sorridente tenendo un braccio sulle spalle di Giulia e l'altro in un'imbracatura ortopedica. Il sole illuminava il suo volto come non riusciva a fare con nessun altro. Alchimia. Allo stato puro. Umberto sembrava aver già dimenticato l'esperienza alla quale era stato sottoposto.

«Principessa» le disse, abbracciandola. Si guardarono negli occhi, senza bisogno di aggiungere altro. Margherita gli carezzò la fronte.

«Stai invecchiando professore, dovresti sceglierti una vita più tranquilla.»

«Tu invece sei sempre bellissima.»

«Smettila, ruffiano. E preparati piuttosto a darci spiegazioni approfondite di questo tuo comportamento scellerato.»

«Ti racconterò tutto, prima però…» Umberto si guardò intorno. «Dov'è Alan?»

«Così alla fine ti sei ricordato di lui, quando ne hai avuto bisogno.»

«Se ne è andato?» chiese Umberto.

«No, non se ne è andato.» Margherita lo scrutò con espressione severa. «Lo troverai nello studio, temo che me lo stia appestando con quella sua pipa.»

Umberto sorrise. «Allora credo sia arrivato il momento di affrontare una questione lasciata da troppo tempo in sospeso.»

«Noi aspetteremo qui» disse Margherita prendendo la mano di Giulia.

Il professor Ardenti si incamminò verso il suo appuntamento.

«Incredibile che una discussione accademica possa rovinare un'amicizia» disse Giulia.

«Una *discussione accademica*? È questo che ti ha detto tuo padre?»

«Sì, una divergenza sulla traduzione di uno scritto ebraico al quale stavano lavorando per la loro pubblicazione...»

«La *divergenza* si chiamava Katia ed era un'assistente di quel gran bugiardo di tuo padre.»

«Cosa?»

«Hai capito benissimo, tesoro. Lei usciva con entrambi ma a entrambi aveva chiesto di mantenere una certa discrezione. Così nessuno dei due sapeva dell'altro. Finché un giorno, è avvenuto quello che puoi immaginarti. Solo che, invece di prendersela con lei, se la sono presa tra loro. E posso assicurarti che la discussione ebbe ben poco di *accademico*.»

«Che gran bugiardo...»

«Puoi dirlo, tesoro.»

31

L'uomo con il vestito grigio chiuse la comunicazione.

Era di fronte alla Sala delle Audizioni. Il momento peggiore in cui ricevere quella telefonata. Le notizie che aveva appreso non erano quelle che desiderava. Troppi imprevisti e troppe persone coinvolte. Quell'Ardenti si era dimostrato pieno di risorse. In pochi giorni il tentativo di comprare il suo silenzio era precipitato in un'operazione violenta e scomposta.

Oltre la porta che avrebbe varcato tra qualche istante c'erano persone che aspettavano notizie con ansia. Persone che avevano accettato l'offerta di *Gladius Domini*, consapevoli di quanto si stavano preparando a fare sullo scacchiere vaticano. Ciò che veniva chiamato il *Codice della Fenice* aveva la forza di gettare nuova luce sul cristianesimo, in un momento in cui si stava giocando una partita molto importante.

Questo era chiaro all'uomo in grigio. Ma il disastroso esito dell'operazione rischiava adesso di trascinarlo con sé nell'abisso.

Prendere tempo.

Ripose in tasca il cellulare e si riavvicinò alla porta. Sapeva cosa avrebbe trovato. Era la prima volta che la varcava, ma qualcun altro gli aveva raccontato cosa fosse l'Audizione. I Tredici sarebbero stati lì, disposti a cerchio e in ombra, per coprire la loro identità. Al centro della stanza una sedia, sulla quale l'uomo in grigio avrebbe dovuto sedersi.

Una posizione difficile per un bluff.

32

Dopo due ore Umberto e Alan uscirono e raggiunsero gli altri in giardino.

«Avete chiarito quella *questione accademica*?» chiese Giulia.

Alan prese il suo posto a sedere e iniziò a pulire la pipa.

«Abbiamo chiarito che al momento ci sono faccende più importanti da affrontare, ed è grazie al coraggioso intervento di Sir Alan Maier, ultimo Cavaliere del Tempio, se siamo qui a poterle affrontare.»

«E di cosa avete parlato in queste due ore?» chiese Margherita.

«Abbiamo sviluppato una nostra teoria» disse Alan.

«Una vostra teoria...» ripeté Giulia.

«Una teoria affascinante» aggiunse Umberto.

«Non vedo l'ora di ascoltarla.» Il sarcasmo di Margherita suonò come un rimprovero.

«Mi ha chiamato l'ispettore Darrigo.» Nessuno si era accorto che Monti era arrivato.

«E cosa ha detto?» chiese Margherita senza distogliere da Umberto gli occhi colmi di disappunto.

«Sono due contractor» riprese Monti. «Mercenari che non hanno fatto molte domande sulla persona che li ha assoldati. Non sanno chi fosse, si faceva chiamare *Maestro*. Pagava in contanti. Tutto qui.»

«Si chiama Bertrando Mornari» disse Umberto, attirando l'immediata attenzione di tutti gli altri. «L'ho riconosciuto il giorno che mi ha avvicinato per la prima volta. È un collezionista, anche piuttosto noto nell'ambiente antiquario romano. Molto vicino al Vaticano. Viene spesso chiamato in causa per valutazioni o cose di questo tipo.»

«E perché non lo ha detto a Darrigo?» chiese Monti.

«Perché mi sono svegliato due ore fa e non ne ho ancora avuto occasione.»

«Ma per quale motivo avrebbe assoldato dei mercenari per rapirti?» chiese Giulia.

«A quanto pare è in affari con persone che sarebbero molto interessate a quello che forse abbiamo trovato.»

«Questo Mornari sa che lo ha riconosciuto?» chiese ancora Monti.

«Suppongo di sì, come ho detto è piuttosto noto. Sarebbe sciocco a ritenere il contrario.»

«Devo chiamare Darrigo.» Monti si allontanò con il cellulare in mano.

«Chi è quest'uomo?» chiese Margherita.

«Nell'ambiente si dice che sia il rettore di una sua organizzazione ultracattolica» intervenne Alan. «Una specie di Militia Christi, ma molto più oscura quanto a scopi.»

«E quanto a mezzi» aggiunse Umberto.

«E come è arrivato a te?» chiese Giulia.

«Ho fatto caso che portava sulla giacca una spilla. Un gladio con una croce incisa all'interno.»

«La Fermani ha una spilla identica» disse Giulia.

«Santa Caterina, proprio lei» confermò Umberto.

«E adesso dov'è questo Mornari?» chiese Margherita.

«È fuggito» disse Umberto. «Non so quante persone abbia reclutato, ma devi dire a Monti di stare molto attento. Non si aspettava una nostra reazione. Adesso alzerà la posta.»

«Hai detto che lavora per altre persone...» disse Giulia.

«Non so quali siano i suoi scopi e cosa abbia da guadagnare da queste altre persone. Forse una questione di prestigio, potere. È molto religioso, credo che la sua organizzazione si chiami *Gladius Domini* o qualcosa del genere.»

«La spada di Dio?» chiese Giulia.

«*Ecce gladius Domini super terram*» disse Alan. «Fu un'espressione usata dal Savonarola. C'è chi afferma che l'abbia pronunciata prima del rogo che organizzò a Firenze per bruciare tutte le opere d'arte che infastidivano il suo fervore religioso.»

«E c'è chi dice che l'abbia pronunciata salendo sul suo stesso rogo, con un grido tremendo» aggiunse Umberto, con un evidente compiacimento per quel particolare. «Pico della Mirandola racconta di essersi sentito drizzare i capelli. E persino Michelangelo sarebbe stato travolto da un terrore tale da farlo fuggire da Firenze.»

«In realtà» riprese Alan «Savonarola fu prima impiccato e poi bruciato, per risparmiargli l'atroce sofferenza che di solito era riservata agli eretici. Quindi in buona parte stiamo parlando di una leggenda.»

«Ma il Savonarola non fu scomunicato e i suoi scritti inseriti nell'Indice dei libri proibiti?» disse Giulia. «Per quale motivo un'organizzazione ultracattolica userebbe un suo motto?»

«È stato riabilitato» le rispose Margherita, togliendo la frase dalla bocca di Alan. «Come il nostro buon Maier può confermarti, una decina di anni fa l'Arcidiocesi di Firenze ha inoltrato la pratica per la sua beatificazione.»

«Un devoto servo di Dio» confermò Alan. «Con una passione per i falò.»

«D'accordo, sappiamo che a questo Mornari piacciono le cose complicate» disse Giulia, «ma questo non è che ci aiuti granché a capire per chi lavora.»

«Credo ci aiuterebbe molto» disse Margherita «capire cosa sta cercando. È arrivato il momento, professor Ardenti, che ci spieghi che cosa sta succedendo. E che cosa di preciso sarebbe stato trovato di tanto importante da scatenare appetiti così risoluti.»

33

«Il *Codice della Fenice* è una leggenda molto antica. Secondo chi se ne è interessato dimostrerebbe la natura comune di molte divinità, il punto di origine di miti e religioni, tra cui ovviamente quella cristiana.»

Il professor Ardenti aveva iniziato la sua spiegazione con la stessa impostazione che avrebbe usato se avesse avuto di fronte i suoi studenti.

«Ci sono molti elementi che riconducono ciò che sappiamo di questa raccolta di scritti a ciò che nel corso dei secoli è stato attribuito a Ermete Trismegisto. Ed è questo il punto in cui tutta la vicenda ha subito uno sviluppo imprevisto quando ormai di questo materiale si era persa ogni traccia. Ma andiamo con ordine e torniamo al contenuto, presunto, di questi scritti.»

Ardenti si versò un bicchiere di succo d'arancia.

«Sappiamo, per esempio, che esiste una precedente versione del *Pater Noster*, una preghiera indirizzata a quanto pare al dio di un primitivo culto monoteista. Ci sono alcuni punti di connessione sbalorditivi. Pensate alla Tavola di Smeraldo.»

«Cos'è?» chiese Giulia.

«Un antico testo sapienziale» rispose Alan, che nel frattempo aveva preparato il tabacco nel braciere della pipa. «Secondo una leggenda sarebbe stato ritrovato in Egitto, molto tempo prima dell'era cristiana. È uno dei documenti più celebri attribuiti a Ermete Trismegisto.»

«Lo avrebbe inciso con la punta di un diamante su una lastra di smeraldo» intervenne Ardenti. «Ci sono varie versioni su chi in effetti la ritrovò, una di queste attribuisce la scoperta ad Alessandro Magno.»

«E che tipo di collegamento avrebbe con il *Pater Noster*?» chiese di nuovo Giulia.

«In un passaggio» riprese Alan «dice *Ciò che è in basso è come ciò che è in alto e ciò che è in alto è come ciò che è in basso*. Ti ricorda qualcosa?»

«*Come in Cielo così in Terra*» rispose Umberto.

Giulia lo guardò perplessa.

«Ricordi quello che abbiamo detto riguardo al quadrato magico?» le chiese Alan. «Il ritrovamento a Pompei di quell'invocazione, che sarebbe un anagramma di *Pater Noster,* suggerisce che esistesse già prima che si diffondesse il cristianesimo. Anche i culti di Horus, per esempio, avevano formule invocative di questo tipo.»

«Torniamo alla Tavola di smeraldo. Vado a memoria» avvertì Umberto. «*È vero senza menzogna, certo e verissimo. Ciò che è in basso è come ciò che è in alto e ciò che è in alto è come ciò che è in basso per fare i miracoli della cosa una. E poiché tutte le cose sono e provengono da una, per la mediazione di una, così tutte le cose sono nate da questa cosa unica mediante adattamento. Il Sole è suo padre, la Luna è sua madre, il Vento l'ha portata nel suo grembo, la Terra è la sua nutrice. Il padre di tutto, il fine di tutto il mondo è qui.*»

«Bene» disse Margherita. «Ora sentiamo la parte in cui ci spieghi come tutta questa storia ci riguardi.»

«Tutta colpa di un monaco» disse Umberto.

«Un monaco?» Alan aveva acceso il fiammifero e lo stava tenendo tra le dita. «Dove?»

«A Costantinopoli» disse Umberto. «Dovresti conoscerlo. Michele Psello, eminente studioso, insegnante di filosofia, storico, teologo e funzionario statale.»

«Il suo nome di battesimo era Costantino» confermò Alan, raccogliendo la sfida. «Michele lo scelse quando divenne monaco, mentre Psello è forse un soprannome dovuto a qualche difetto di pronuncia, perché significa balbuziente.»

«Che cosa ha fatto questo monaco di tanto speciale?» chiese Giulia.

«È colui che ha assemblato il *Corpus Hermeticum*» disse Alan.

«Esatto» confermò Ardenti. «Fu lui a ritrovare a Costantinopoli gli scritti di Ermete. Come ci siano arrivati può essere solo ipotizzato. Qualcuno, di certo, li ha messi in salvo dalla catastrofe di Alessandria. Fatto sta che fu Psello a mettere insieme tutto il materiale attribuito al Trismegisto. Ne fece una nuova redazione, quella che poi, attraverso vari altri passaggi, è arrivata a noi.»

«Probabilmente incompleta» affermò Giulia.

«Vedo che il professor Maier ti ha anticipato già qualcosa, ma torniamo al nostro monaco. E al suo strano nome. Psello. E se non stesse a significare un difetto, ma piuttosto un'abilità legata allo scomporre e ricomporre parole?»

«Cioè la tua teoria, chiamiamola così» disse Alan sbuffando fuori il fumo dolciastro «sarebbe che questo monaco, una volta resosi conto di cosa in effetti gli era capitato per le mani, consapevole di quanto quegli scritti fossero pericolosi, decise di...»

«Occultarli dentro altri scritti» concluse Ardenti. «Un insieme di scritti incentrati su una dottrina esoterica, in base alla quale l'uomo è chiamato a compiere un viaggio per liberare dai vincoli terreni la parte divina, insita in lui, e giungere alla salvezza rappresentata dal *logos.*»

Gli altri rimasero in silenzio. Ognuno di loro sembrava pesare il senso di quelle parole. Umberto fissava Alan.

«E se Psello avesse inventato di sana pianta buona parte di tutta quella roba sul cui senso ancora oggi gli studiosi si interrogano?» riprese Umberto. «Gli originali del *Corpus* sono andati perduti. O forse alcuni di essi non sono mai esistiti. Forse Psello ha scritto tutta quella roba, attribuendola a Ermete e quindi infilandola in mezzo ad altre cose che erano effettivamente già state attribuite a lui, soltanto per occultare qualcosa che non poteva essere letto da chiunque. Qualcosa che richiedeva una preparazione. Forse il Corpus non è incompleto, come dicevi tu, Giulia. Forse la parte che lo completa è soltanto nascosta.»

Alan restava in silenzio osservando le morbide volute di fumo.

«E quindi il *Codice della Fenice* sarebbe arrivato a Firenze sotto mentite spoglie» concluse Alan.

«Il *Corpus Hermeticum*» riprese Umberto «riuscì in qualche modo a sfuggire alla conquista di Costantinopoli da parte dei turchi ottomani di Maometto II il Conquistatore, che entrò in città il 29 maggio del 1453. I successori di Psello dovevano ricordarsi bene quanto disse il califfo Omar, massima autorità dell'Islam, quando fu sul punto di entrare ad Alessandria, riferendosi alla biblioteca.»

«*In quei libri*» recitò Alan «*o ci sono cose già presenti nel Corano o ci sono cose che del Corano non fanno parte: se sono presenti nel Corano sono inutili, se non sono presenti allora sono dannose e vanno distrutte.*»

«Così, prima che fosse troppo tardi» riprese Umberto «il *Corpus* lasciò Costantinopoli e in qualche modo arrivò in Macedonia, dove venne poi ritrovato da un altro monaco, Leonardo da Pistoia che, come tutti sappiamo...»

«È colui che nel 1460 portò il *Corpus* nella Firenze di Cosimo de' Medici» concluse Alan «che qualche anno dopo ne affidò la traduzione a Marsilio Ficino.»

«Ed è qui che succede tutto il resto» riprese Umberto. «Mentre Ficino traduce il testo trova qualcosa. Immaginiamo il grande alchimista alle prese con il testo di Psello. Due menti che dialogano a oltre quattro secoli di distanza. Ficino trova la chiave di decrittazione e capisce di aver ritrovato la Fenice.»

«E qui entriamo nel meraviglioso mondo delle ipotesi» disse Alan.

«Non è un'ipotesi che attorno a Ficino sorga un ambiente di letterati interessati al classicismo e non è un'ipotesi che la cultura egiziana riscuota in quegli anni un grande interesse negli ambienti dell'accademia neoplatonica.»

«Le tue prove sono queste?» chiese Alan.

«Il nome che hai trovato sul bastone» disse Umberto.

«Aringhieri, il cavaliere di Rodi?»

«Nel 1483 Alberto Aringhieri, della Repubblica di Siena, viene invitato insieme a Bartolomeo Sozzini a Firenze, come oratore» rispose Umberto. «Le sue frequentazioni con Ficino sono note, i suoi frequenti viaggi a Firenze anche.»

«E durante uno di questi» disse Margherita, senza nascondere la propria fascinazione per una ricostruzione così suggestiva «ottiene una copia di questo manoscritto ricodificato da Ficino e lo porta a Siena.»

«Dove si forma un altro nucleo di studiosi» proseguì Umberto «che condivide la rivelazione che il libro rappresenta e l'antico culto in esso contenuto, che avrebbe poi ispirato il cristianesimo. Antiche preghiere, come il *Sator*, Alan, che guarda caso è inciso in una pietra sul fianco del Duomo di Siena della cui costruzione Aringhieri fu il responsabile.»

«E mentre a Firenze il Savonarola brucia tutto, a Siena la copia di quel libro sopravvive» aggiunse Alan.

«Ma il pericolo che vada distrutta è tale» riprese Umberto «che Aringhieri e i suoi decidono di metterla al sicuro.»

«Non sarebbe stato più semplice farne un centinaio di copie?» chiese Alan. «La stampa era in piena diffusione a quel tempo.»

«E rischiare che il contenuto di quel libro arrivasse nelle mani di chiunque?» disse Umberto. «No, Alan. Stiamo comunque parlando di persone profondamente devote, che ritenevano necessaria una certa preparazione per non restare disorientati di fronte a simili rivelazioni. Bisogna comprendere, per gradi. È a questo che servono i percorsi iniziatici. A preparare.»

«Sento che sta per arrivare la tua società segreta, Alan» disse Margherita.

«Ne ho sentito parlare da alcune persone che fanno parte di certi ambienti» disse Umberto.

«Massoni» disse Alan.

«So che non apprezzi» disse Umberto, «ma cerca di mantenere un distacco accademico.»

«Qualcuno dei tuoi amici massoni ti ha parlato di una società segreta che custodiva un manoscritto rinascimentale?» chiese Alan.

«Qualcosa del genere. Diciamo che mettendo insieme varie informazioni sono arrivato a sapere che quella società segreta è per qualche motivo scomparsa. Ma una serie di indizi mi hanno portato a sospettare che esistesse un loro tempio nascosto sotto il Santa Maria della Scala.»

«Quello che hai trovato là sotto, ma il bastone e tutto il resto» disse Alan «è di fattura molto più recente.»

«Le tracce della società segreta di cui mi hanno parlato si interrompono a metà degli anni Venti.»

«Il fascismo» disse Margherita.

«È la stessa cosa che ho pensato io. Le logge vengono proibite, chi non obbedisce scompare e gli ultimi custodi della nostra società segreta sono costretti a lasciare una mappa per guidare i nuovi iniziati a riscoprire l'antica rivelazione.»

«Quindi sono loro ad aver scritto la mappa» disse Alan.

«Esatto» ammise Umberto, «ma sono convinto che il ruolo di Aringhieri sia andato oltre alla commissione delle tarsie che compongono il pavimento del Duomo.»

«Quanto oltre?» chiese Giulia.

«Credo che una parte del percorso sia opera sua. Una parte che in tutto questo tempo è rimasta al sicuro.»

«Una città cambia continuamente volto, dove sarebbe possibile una cosa del genere?» chiese Alan.

«Ipotesi» disse Umberto. «Una delle quali ci porta alla strana creatura che avete trovato sulla casa 26 del vostro tabellone di gioco.»

«Sai di cosa si tratta?» chiese Giulia.

«Forse sì.»

34

«Fuggisole?» chiese Alan.

Erano ormai le dodici passate, quando Lorenzo fece portare al chiosco della fontana altre tartine, con petto d'anatra affumicato, filetto di tonno, il salmone per Alan e la crema di asparagi che adorava Margherita. Dal succo d'arancia passarono a una bottiglia di vino prodotto dalle cantine Orsini.

«I fuggisole erano una credenza popolare senese» disse Umberto, massaggiandosi il braccio tenuto fermo dall'imbracatura.

«Saprete cosa sono i bottini, immagino. Poiché Siena non aveva corsi d'acqua vicini che potessero rifornire la città, furono scavate queste condotte sotterranee, dove l'umidità si condensa e diventa acqua. Sull'origine dei bottini non esistono date certe, ognuno ha le sue ipotesi, molte delle quali affondano nel mito con le origini stesse della città, fondata da Senio, figlio di Romolo. È per questo che il suo simbolo è la lupa, come quella di Roma.»

«L'hai presa piuttosto alla larga, professore» gli fece notare Alan.

«Questo per dirti che quando la storia si confonde con il mito assume contorni sfumati, incerti. La rete dei bottini è un labirinto sotterraneo di cui esistono cartine e planimetrie, ma anche in questo caso, spesso, vengono trovati errori, cose che non corrispondono. Nelle cronache della città ci sono i nomi degli operai che si sono persi là sotto. La prima apparizione dei fuggisole ce l'abbiamo in una cronaca del tardo Cinquecento. A lasciarcela è stato un inventarista. Anche a quel tempo gli intellettuali che vivevano di scrittura dovevano prestarsi ai lavori più strani.»

«Che cosa diceva questo tizio?» chiese Giulia.

«Che gli operai, lavorando, si erano resi conto che, nelle parti più profonde di questo complesso di gallerie, i passaggi che loro stessi avevano scavato erano entrati in confluenza con altri che si trovavano già lì.»

«Forse avevano perso l'orientamento ed erano tornati su quelli che avevano giù scavato» propose Alan.

«È possibile» rispose Umberto. «Anzi, direi che è di certo l'ipotesi più plausibile. Ma a terrorizzare gli operai non era il fatto di imbattersi in queste gallerie, che davano l'idea di essere lì da molto più tempo. Erano piuttosto strane creature che sembravano annidarsi in esse. Creature provenienti dalle profondità oscure dove il sole non arrivava mai.»

«I fuggisole» concluse Margherita. «Vecchie leggende senesi, Umberto. Dove vuoi arrivare?»

«Voglio arrivare al fatto che Alan e Giulia non hanno trovato niente al monumento di Bandini perché non è lì che dovevano cercare.»

Alan lo fissò. «Il pentacolo si trova nei bottini» disse. «Il monumento al Bandini indica soltanto il punto esatto.»

«Proprio così» disse Umberto. «Il pentacolo, l'oggetto della nostra *recherche*, la prossima tappa del gioco, la casa numero ventisei, la nostra prossima chiave o quello che sarà si trova nei bottini, all'altezza del monumento di Bandini. Ma sottoterra.»

«Quel corso d'acqua indica i bottini?» chiese Giulia.

«È probabile» disse Umberto. «Ma c'è un'altra possibilità.»

«I senesi non hanno scavato soltanto per condensare l'umidità» disse Margherita. «È qui che il professore vuole arrivare, non è vero?»

«I senesi stavano cercando qualcos'altro sotto la loro città?» chiese Giulia.

«Ricordi la Divina Commedia?» le chiese Alan.

«*Persi a cercar la Diana*» disse Margherita.

«Il leggendario fiume sotterraneo» disse Umberto. «La Diana che gli antichi abitanti di Siena adoravano come fosse una divinità, il luogo perduto custodito dai fuggisole.»

«Strabiliante serie di congetture» commentò Margherita.

«In ogni caso» concluse Alan «sembra che siano i bottini la nostra prossima meta.»

«Sarà una piacevole passeggiata, vedrai, conosco un tizio alla Sovrintendenza che...» Umberto non riuscì a finire la frase.

«Non penserai davvero di andare là sotto nelle tue condizioni» gli disse Margherita.

«Le mie condizioni? Sto benissimo, il braccio non mi fa quasi più male.»

«Sei stato rapito, vecchio scemo. Ho dovuto spendere il nome della mia famiglia per tirarti fuori senza alzare un polverone. E quelle persone sono ancora in giro.»

«Vado io con loro» disse Monti, tornato senza che nessuno se ne fosse accorto.

«E perché mai dovresti fare una cosa simile?» chiese Margherita.

«Perché Mornari è scomparso. E finché non lo troveremo rappresenta una minaccia. Se questa mossa servirà a farlo uscire di nuovo allo scoperto, stavolta non me lo farò scappare.»

«Benissimo» disse Alan. «Folletti sotterranei, divinità fluviali, società segrete scomparse, antiche rivelazioni nascoste in un percorso iniziatico e noi due a fare a da esca per un pazzo scatenato che ha assoldato non sappiamo quanti mercenari.»

«Cosa c'è di più eccitante?» gli chiese Umberto.

«Spero solo che là sotto ci sia abbastanza umidità da farti prendere un accidente, professore.»

35

Gli stretti cunicoli scavati nella roccia serpeggiavano sotto la città, componendo un labirinto intricato e oscuro, nel quale il dolce suono dell'acqua accompagnava il gruppo di visitatori.

«Non è bellissimo?» chiese agli altri Umberto guidando il gruppo con il flash della videocamera che aveva recuperato dal suo appartamento insieme ad altri strumenti per l'escursione. Le grotte sembravano naturali, l'azione erosiva dell'acqua aveva reso alcuni tratti scivolosi e aveva disegnato forme di una bellezza spettrale.

L'acqua scorreva al centro, lasciando due stretti scalini sui quali camminare ai lati, attaccati alle pareti del cunicolo.

Giulia era silenziosa.

«Hai problemi di claustrofobia? Capita spesso in posti del genere» le chiese Alan.

«Nessun problema, non mi piace molto l'acqua, tutto qui.»

«Una brutta esperienza?»

«Lascia stare, sto cercando di distrarmi.»

All'improvviso udirono un suono. Un movimento nell'acqua in un punto in cui il flash della videocamera e le torce che Alan e Monti tenevano spianate non riuscivano ad arrivare. Si fermarono.

«Il tizio della Sovrintendenza ha detto che non c'era nessuno, non è vero?» chiese Monti.

«Sì» disse Umberto, «ha detto in quel modo.»

Monti prese la pistola.

Alan si avvicinò a Giulia.

«Da piccola in campagna sono caduta in un pozzo» gli disse tutto d'un fiato cercando di non guardare l'acqua.

«Va tutto bene» disse Alan.

«Credevo di averlo superato.»

«Potrebbe essere stato un topo» disse Monti.

«Spesso si creano gorghi e strani fenomeni» disse Umberto. «La leggenda dei fuggisole è nata per questi motivi, ma noi siamo uomini di scienza.»

«Non c'è niente» disse Monti, che era avanzato con la torcia per capire l'origine del rumore che aveva fermato il gruppo. «Ma più avanti c'è una biforcazione.»

Umberto, che aveva un braccio imbracato e non poteva muoverlo, appoggiò la videocamera in modo da illuminare la parete e chiese aiuto ad Alan per aprire, appoggiandole al muro, la cartina del centro di Siena e una planimetria semplificata di quella zona dei bottini.

«Allora, noi dovremmo essere più o meno qui» disse Umberto, controllando i metri percorsi sul display di un contapassi e riportando la distanza sulla planimetria dei bottini, seguendo il percorso che avevano fatto prima di trovare la biforcazione. «Quindi ci troviamo in questo punto» precisò appoggiando la punta della matita sulla fotocopia della planimetria. Usando il goniometro e il righello riportò la distanza in linea d'aria dal punto in cui si trovavano a quello di partenza, uno degli ingressi usati soltanto per motivi di servizio dai quali non passavano le visite ordinarie. Prendendo poi il punto di accesso sulla cartina della città, riportò la stessa distanza tenendo la direzione calcolata in gradi con il goniometro.

«Signori, siamo in piazza dell'Indipendenza. A non so quanti metri sopra di noi abbiamo il Teatro dei Rozzi.»

«Quanto pensi ci vorrà ancora?» gli chiese Alan.

«Sei già stanco, giovanotto?»

Alan fece come per dirgli qualcosa, ma Giulia gli strattonò la camicia. E con un sorriso non troppo convinto gli fece capire che preferiva continuare.

«Piazza Salimbeni è da quella parte, prendiamo il cunicolo a sinistra. E attenti a non cadere nell'acqua, da queste parti è gelida.»

Giulia si afferrò alla camicia di Alan.

36

Alle pareti dei cunicoli erano riportate in alcuni punti le iscrizioni delle famiglie che venivano servite dal bottino e la quantità di acqua che pagavano. Il fatto che riportassero spesso anche il nome della via, consentiva a Umberto di verificare che stessero andando nella direzione giusta.

Le formazioni calcaree che ricoprivano la roccia riproducevano complessi giochi di luce, grazie al flash della videocamera e alle torce elettriche.

«Per quale motivo non hai portato la macchina fotografica, Giulia? Ma non vedi che posto stupendo?»

Alan le stava tenendo la mano.

«Lo odio anch'io» le sussurrò.

Proseguirono nel buio.

Giulia aveva di nuovo afferrato la camicia di Alan e con la torcia illuminava la parte alta del cunicolo, dove si trovavano le targhe degli utenti.

Alan si accorse che stava sussurrando qualcosa, una specie di cantilena. Ma non riusciva a distinguere le parole.

«Lo abbiamo passato, ormai» disse Umberto. «Siamo passati sotto al monumento, ma non ho trovato niente. Là comunque c'è uno spiazzo, possiamo fermarci qualche minuto e fare il punto della situazione.»

Lo spiazzo era una grotta che si allargava sulla destra.

«È davvero un posto sorprendente» disse Umberto, appoggiando lo zaino accanto a una roccia, sulla quale si era formata un'escrescenza calcarea color mattone, che assumeva tonalità diverse a seconda di come veniva sfiorata dalla luce del flash.

«Cosa stavi sussurrando prima?» le chiese Alan, sedendosi accanto a lei.

«Niente, è un modo per scaricare la tensione.»

«Una filastrocca?»

«Erano i nomi delle persone riportati sulle targhe.»

«I nomi riportati sulle targhe?»

Alan prese la sua pipa e la portò alle labbra.

Interruppe il gesto.

Non poteva essere così semplice.

«I nomi riportati sulle targhe!»

«Era l'unica cosa che avevo a disposizione per distrarmi...»

«Li stavi ripetendo di continuo, prova a ripeterli di nuovo.»

Alan prese il quaderno degli appunti e la penna.

Mentre Umberto e Monti stavano ripercorrendo l'ultimo tratto nel piccolo schermo della videocamera, cercando di fissare il punto esatto in cui si trovava la statua del Bandini, Alan trascrisse sul suo quaderno i nomi degli utenti che Giulia aveva ripetuto come un mantra.

Tolomei Francesco, Becatti Giuseppe, Pozzesi Claudio, Leanfatti Azelio, Talberighi Raniero, Lorenzetti Senio, Gini Bernardo.

Alan si avvicinò a Umberto senza togliere gli occhi dal foglio del quaderno.

«Fammi vedere la ripresa in prossimità del monumento.»

«Hai un'idea?» gli chiese Umberto, cercando il punto nella ripresa. «Ecco, qui siamo più o meno sotto la statua del Bandini, in piazza Salimbeni.»

Alan controllò le riprese.

Trovò l'iscrizione che aspettava.

«Ferma l'immagine.»

La targa non era leggibile.

«È possibile ingrandirla?»

«Chiedi e ti sarà dato, ma questo punto non è già più sotto il Bandini, siamo una decina di metri più avanti. Forse dovresti tornare un po' indietro, penso che le indicazioni debbano essere...»

«Leggi questo nome» gli disse secco Alan.

«Talberinni... non si legge bene» disse Umberto.

Alan gli mostrò la pagina del quaderno.

«Talberighi Raniero» disse Umberto. «Lo conosci? Vuoi dirmi qualcosa o andiamo avanti così?»

«È un anagramma.»

«Un anagramma?»

«Non è poi così difficile, professore» disse Giulia da dietro le loro spalle. Si alzò e si avvicinò agli altri. «Raniero Talberighi è l'anagramma di Alberto Aringhieri.»

37

L'iscrizione era stata incisa direttamente sul muro, come tutte le altre.

«Cosa pensate possa significare?» chiese Umberto.

«Che siamo sulla strada giusta» disse Alan «e che qui vicino potremmo trovare una seconda chiave.»

«Qualche idea da spendere in proposito? Al momento abbiamo un anagramma scritto sul muro.»

«Resta sempre *Apriti Sesamo*.»

«Guardate lì.» La voce di Giulia proveniva dalle loro spalle.

«Non vedo niente» disse Umberto, che aveva puntato il flash della videocamera nel punto che Giulia stava indicando.

«C'è qualcosa» disse Alan.

Una piccola bolla d'aria, una leggerissima increspatura nell'acqua.

Il suono di un breve gorgoglio.

«Avete sentito?» disse Giulia. «Stavo guardando in alto, quando l'ho sentito. Poi ho visto qualcosa nell'acqua.»

Alan si avvicinò al punto in cui avevano visto quel movimento.

C'era un solo modo per capire cosa fosse.

«È solo acqua, un po' fredda, ma soltanto acqua» lo incoraggiò Umberto.

«Lo odio anch'io» gli sussurrò Giulia.

Alan si tolse la camicia ed entrò nell'acqua. Era profonda poco meno di un metro.

Fece un respiro e infilò il braccio per setacciare il fondo. Mentre con la mano toccava la pietra, aveva la faccia a pochi centimetri dalla superficie.

Trovò una pietra che sporgeva leggermente proprio alla base dello scalino sul quale stavano camminando.

Provò a sfilarla.

Riuscì a toglierla.

Il gorgoglio nell'acqua si riprodusse in modo molto più accentuato.

«Questa me la paghi, professore.»

Prese il respiro.

Si immerse.

Torce e flash puntati.

Alan infilò il braccio nel buco quasi fino alla spalla, finché la sua mano uscì dall'acqua, all'interno di quella che sembrava una nicchia. Evidentemente il posto in cui si trovava la sua mano era più alto del livello dell'acqua. Doveva trovarsi a pochi centimetri dai piedi degli altri, all'interno dello scalino.

Con le dita sfiorò qualcosa che sembrava ferro. Una maniglia. Ebbe un attimo di esitazione. Si trovava sott'acqua con il braccio quasi incastrato dalla spalla in poi dentro uno scalino di pietra. Cosa sarebbe successo tirando quella maniglia?

L'aria nei polmoni stava per terminare.

Vedeva soltanto l'intensa luce bianca del flash che Umberto gli stava puntando addosso. Tirò la leva.

Un rumore metallico dall'interno della parete.

«Da questa parte» disse Monti, poco più avanti, premendo su una roccia che sembrava spostarsi.

«È un passaggio nascosto» disse Giulia.

Monti spinse la roccia con forza.

Una lastra della parete fece perno al centro e aprì un passaggio.

Umberto si avvicinò con il flash della videocamera. Oltre quell'apertura riuscì a illuminare una stanza di circa tre o quattro metri di diametro.

Una specie di pozzo.

Giulia fece un passo indietro.

La stanza sembrava collegata idraulicamente con il resto dei bottini. L'acqua era allo stesso livello, ma sembrava molto più profonda.

Attorno al pozzo correva un minuscolo marciapiede, non più largo di venti centimetri.

Umberto iniziò a camminare lungo il perimetro puntando la telecamera nell'acqua. Non aveva ancora fatto metà del percorso, quando si fermò.

«C'è qualcosa» disse agli altri, indicando con il flash il punto esatto in cui aveva visto un bagliore.

Alan lo raggiunse camminando rasente al muro, con la camicia ancora in mano, in attesa di trovare qualcosa per asciugarsi e vestirsi di nuovo.

«Sembra una placca di metallo.»

«Pensi possa essere simile a quella che avete trovato a San Galgano?» gli chiese Umberto, senza spostare il flash da quel punto.

«Potrebbe.»

«Temo che ci sia un solo modo per saperlo.»

«La prossima volta che ti rapiscono, chiedi aiuto a qualcun altro.»

Alan si mise seduto sul bordo dello scalino. Poi si lasciò andare nel pozzo.

«Hai toccato il fondo?» gli chiese Umberto, appena lo vide riemergere.

«No, credo siano diversi metri, almeno.»

Giulia strinse il braccio di Monti. Respirava in modo affannato.

«Tutto bene?» le chiese Monti.

«Per niente.»

Alan si spostò verso il punto in cui avevano individuato la placca di metallo e si immerse.

Era identica a quella trovata a San Galgano.

«Ci siamo» disse appena riemerso. «Giulia, ho bisogno della chiave.»

Lei prese dalla tasca dei jeans la chiave della Quintessenza, quella che avevano trovato nel bastone e che, secondo le loro supposizioni, avrebbe dovuto liberare gli altri quattro elementi. La passò a Monti e gli fece cenno di dargliela.

Alan tornò giù con la chiave.

Attesero in silenzio.

Il buio profondo lasciava appena intuire i movimenti di Alan.

Finché riemerse, appoggiando le mani sullo scalino.

In una aveva la chiave usata per aprire lo sportello.

Nell'altra aveva un uovo di legno.

38

«Così avete trovato un cinque e un sei» disse Margherita. «Undici, di questo passo non ci vorrà molto a vincere la partita.» Si era fermata accanto al tavolino da fumo sul quale era stata sistemata la tela con il Gioco dell'Oca. Per l'occasione, aveva deciso di concedersi un brandy.

Il racconto dell'escursione nei bottini di Siena le era stato fatto a tavola, durante la cena che aveva preparato Lorenzo.

L'escursione sotterranea si era conclusa con il coraggioso tuffo del professor Maier, che aveva trovato l'uovo e le indicazioni per il prossimo turno di gioco esattamente nello stesso modo in cui le avevano trovate a San Galgano. La chiave trovata all'interno del secondo uovo, anche questo imbottito di pregiato velluto rosso, aveva inciso sopra un triangolo con la punta rivolta verso il basso, ovvero il simbolo dell'Acqua.

La tartaruga che Giulia aveva scelto come segnalino era stata spostata dalla casa 26 alla 37.

«Casa interessante, questa» commentò Umberto studiando il disegno. «Correggimi se sbaglio, Alan, ma sembra proprio la casa del Ponte, una delle figure tipiche del Gioco dell'Oca.»

«Sì, è quello» rispose Alan. «Di solito il Ponte si trova alla casa numero sei, dove secondo le regole tradizionali pagando la posta si può arrivare alla casa numero dodici.»

«Che posta?» chiese Giulia.

«Questo è un gioco d'azzardo» le spiegò Alan. «Ogni giocatore mette una posta iniziale e la paga ogni volta che si ferma su determinate figure, che ricorrono in ogni versione del gioco. Il Ponte, la Locanda, il Pozzo, il Labirinto e la Morte.»

«Ognuno di questi simboli ha effetto sulla posta in gioco o sul percorso della pedina, non è vero?» chiese conferma Umberto.

«Proprio così, ma non è detto che nel nostro caso corrisponda tutto fino in fondo, del resto abbiamo trovato il Ponte trentuno case dopo quella in cui si trova nella versione tradizionale.»

«E quelle figure cosa sono?» chiese Margherita.

Nel disegno erano raffigurati un uomo e una donna, ai lati di una porta sulla quale era disegnato un rosone. Entrambe le figure si trovavano sopra un basamento, poste alla sommità di quella che sembrava una collina alla quale si arrivava attraverso un sentiero che partiva da un ponte. L'uomo aveva una folta chioma mossa dal vento, la donna aveva vicino ai piedi una brocca inclinata dalla quale usciva un liquido.

«Sembrano richiamare gli elementi che abbiamo incontrato» disse Alan. «Il simbolo maschile dell'Aria e quello femminile dell'Acqua.»

«Le chiavi che abbiamo trovato dovranno aprire una porta, quindi» disse Giulia.

«Così sembra» Alan aveva acceso la pipa e assaporò una boccata di fumo. «Una porta attraverso la quale si accede a un nuovo livello di conoscenza, come simbolizza il Ponte sul tabellone del gioco. Se l'intero percorso del gioco rappresenta un cammino verso la conoscenza, il Ponte è un momento di passaggio a un livello successivo.»

«Quindi non rimane che trovare la porta» concluse Umberto.

«Non sarà un problema, penso di aver capito dove si trova.» Dopo che Margherita ebbe pronunciato quelle parole, si voltarono tutti verso di lei. «Quel rosone è abbastanza semplice da riconoscere.»

«Sai a cosa si riferisce?» le chiese Umberto.

«È il rosone del Duomo» rispose Margherita.

Rimasero in silenzio, osservando il disegno.

«Quindi all'interno del Duomo c'è una porta dalla quale si accede a un nuovo livello del sentiero?» chiese Giulia.

«A quanto pare» affermò Umberto, alzandosi in piedi. «Tutta la storia ritorna là dentro, quindi. È lì che è custodito il documento che raccoglie le origini delle religioni conosciute.» Era estasiato. «Non mi sbagliavo su Aringhieri, adesso entreremo nella parte del percorso che lui ha curato di persona, quando era a capo del cantiere del Duomo.»

«Sai bene cosa vuol dire dover chiedere un permesso per un'indagine approfondita in quel contesto» disse Alan. «Non sarà semplice come lo è stato per i bottini.»

«Questo non sarà un problema» affermò Margherita, gustandosi il suo brandy invecchiato. «Sono una delle principali sostenitrici dell'Opera del Duomo e del museo, quindi non avrò grosse difficoltà a consentire ai miei cari nipotini» disse indicando Alan e Giulia «la possibilità di avere a disposizione un'ora di preghiera nella riservatezza dell'orario di chiusura. Chiamerò una persona che potrà offrirci questa possibilità.»

«Sei una donna fantastica» le disse Umberto.

«Lo sono da sempre, professore» gli rispose, avviandosi verso l'uscita del salotto. «E lo sarei anche se non buttassi i miei soldi nell'Opera del Duomo o in altri finanziamenti di dubbia utilità.»

Umberto non rispose.

Quando Margherita ebbe lasciato a stanza, Alan si avvicinò a Umberto.

«È stata molto in pena per te» gli disse.

Pochi minuti dopo erano ognuno nella propria stanza. Monti aveva stabilito che fino a quando Mornari fosse stato in giro, l'appartamento di via Montanini non sarebbe stato sicuro. Così si sarebbero fermati alla tenuta Orsini per aspettare i prossimi sviluppi delle indagini che Darrigo stava guidando.

Umberto si era steso sul letto, ritrovando i suoi anni e i vari dolori sparsi sul corpo. Primo tra tutti quello del braccio immobilizzato nell'imbracatura. Riposò qualche ora, cercando di liberare la propria mente da quel vago senso di colpa che, a dispetto di quanto gli altri pensassero di lui, si affacciava spesso. Per Giulia, per il fatto di non esserci mai stato prima. Per Alan, per quello che era successo e per come nonostante tutto si fosse esposto per lui. Per Margherita, per il fatto di non averle mai detto quanto la sua presenza avesse reso migliore la sua vita.

Liberare la mente da tutto questo non era facile come dirigere una campagna di scavo o come inseguire le antiche leggende di manoscritti perduti. Non trovando sonno cercò almeno di rilassarsi qualche ora. Non si era spogliato, perché aveva deciso che avrebbe dovuto chiarire alcune cose, quella notte. E per muoversi avrebbe atteso un segnale preciso. Una cosa che avveniva ogni notte, più o meno alla stessa ora, al castello degli Orsini.

39

Umberto controllò l'ora con il suo cronografo da polso, si avvicinò alla finestra e sporgendosi in fuori controllò la finestra del piano superiore.

La luce era accesa.

L'intero castello era immerso nel silenzio più completo. Umberto attraversò l'ala nella quale si trovavano le camere degli ospiti, fino a raggiungere le scale per salire al piano di sopra, quello riservato a Margherita. Percorse il corridoio, coperto da un lungo tappeto cremisi, e arrivato all'ultima porta sulla destra appoggiò appena la mano sulla maniglia.

Aprì.

Margherita era seduta come al solito accanto alla finestra. Alle sue spalle l'impianto stereo del suo studio musicale. Era dotato dei più sofisticati lettori digitali, ma la vera passione di Margherita era il vinile.

Umberto adorava quel suo modo di amare i dischi, di sfiorarne le copertine, di estrarre il trentatré giri carezzandolo con le dita affusolate mentre il piatto prendeva velocità. Il modo in cui si concedeva al momento in cui la puntina si posava sul vinile, emettendo quel delicato fruscio che era per lei poesia allo stato più puro.

La collezione di dischi era sterminata. Disposti in ordine alfabetico su due intere librerie, gli album andavano da Beethoven a Simon & Garfunkel, da Dave Brubeck a Bach, dai Pink Floyd ai Led Zeppelin, da Ella Fitzgerald a Chet Becker a Miles Davis a Duke Ellington a Bob Dylan. Ma i suoi momenti di amarezza avevano ancora una sola ricetta per risolversi. Un giorno Margherita li aveva definiti «quegli strani signori, vestiti in modo bizzarro, che avrebbero fatto ancheggiare persino una suora.» I suoi cari Rolling Stones. E a giudicare dal modo in cui aveva lasciato gli altri in salotto Umberto, mentre accostava la porta dello studio musicale alle sue spalle, era sicuro che quella serata fosse una serata da Stones.

Margherita si voltò verso di lui. Gli fece cenno di sedersi sull'altra poltrona, accanto alla quale c'erano un bicchiere di scotch e un secondo paio di cuffie collegato all'amplificatore. Umberto lo indossò e riconobbe subito *You can't always get what you want*. Per lo scotch, invece, non ebbe bisogno di altro per riconoscere l'aroma del suo preferito.

Iniziò lentamente a muoversi a tempo, rimanendo seduto, muovendo le labbra come se cantasse il testo della canzone. Attorno a loro c'era il silenzio. Ma dentro di loro quella musica sembrava accendere ogni cosa. Umberto tese le braccia e prese le mani di Margherita, muovendole come se stessero ballando a un concerto. E Margherita sorrise divertita.

Alla fine della canzone, Umberto appoggiò le cuffie sul bracciolo della poltrona e le tolse anche a lei.

«Dicono che passati i sessanta è difficile cambiare carattere» le disse.

«Se questo è il tuo modo di chiedere scusa, mi rimetto le cuffie.»

«Di solito bastava.»

«Di solito eravamo solo noi due. Adesso hai una figlia che, per quanto assurdo possa sembrare, si è affezionata a te. E tu devi smettere di andare sempre avanti dando per scontato che gli altri ti seguano ovunque. Se non ci riesci, lascia che se ne torni a casa.»

«È solo di Giulia che stiamo parlando?»

«Se dico che il suo modo di amarti può farla soffrire, è evidente che so di cosa parlo.»

Margherita tornò a indossare le cuffie. Appoggiò la testa a un cuscino e chiuse gli occhi tornando alla sua musica.

In tanti anni era la prima volta che reagiva così alla visita notturna di Umberto. Forse era per Giulia, forse era per il fatto che guardando Giulia era facile intuire quanto tempo fosse passato. Ma c'era in quelle sue parole un sapore che fino a quel momento Umberto non aveva mai sentito. E questo lo costrinse a guardare indietro, negli anni. Ma decise che lo avrebbe fatto da solo. Si alzò dalla poltrona, lasciò intatto sul tavolino il bicchiere di scotch, si avvicinò a Margherita e baciandola sulla fronte le augurò la buonanotte.

40

Alan si svegliò riposato. Si concesse una doccia e sistemò i suoi bagagli, che avevano recuperato dall'appartamento di Umberto.

Quando scese in giardino trovò subito Giulia, distesa a terra sotto un albero. Riconobbe la chioma rossa e gialla adagiata sul verde dell'erba, mentre lei con i piedi appoggiati al tronco dell'albero era rivolta verso l'alto. Avvicinandosi si accorse che stava scattando delle fotografie all'intrecciarsi dei rami sopra di lei.

«Una Nikon» le disse, sedendosi accanto.

«Ti piace la fotografia?» Giulia si mise a sedere.

Accanto aveva la borsa che conteneva i vari accessori. La stessa che Alan aveva visto a casa di Umberto, ma che non si ricordava di aver portato da Margherita. Giulia sembrò intuire la domanda.

«Il ragazzo che si occupa del giardino mi ha prestato lo scooter.»

«E sei andata in città da sola?»

«Toccata e fuga.»

«Non è stata una grande idea.»

«Avevo voglia di fare due scatti.»

Chiuse l'obiettivo e ripose la macchina.

«Ho lavorato con una macchina identica, una volta» disse Alan. «Una rivista che non ho mai capito con quali soldi si mantenesse mi aveva commissionato un servizio sull'equinozio di primavera a Stonehenge.»

«Una cosa da esperto di misteri» disse Giulia, sorridendo.

«Considera che trascorsi due notti dormendo all'aria aperta in compagnia di un druido. E da quelle parti il clima è piuttosto rigido a fine marzo.»

«E cos'hai fotografato?»

«I sassi, ovviamente. Tutto il resto lo scrissi nel pezzo, usando molte virgolette.»

Nella borsa degli accessori della Nikon, Alan riconobbe la cartellina di cartoncino verde che Giulia si era affrettata a togliere di mezzo nello studio di Ardenti. Con un cenno Giulia gli accordò il permesso ad aprirla. C'erano fotografie scattate nel corso degli scavi. Alcune erano state probabilmente stampante a casa di Umberto. E proprio il professor Ardenti era il soggetto di gran parte delle immagini.

«Hai gusto» le disse Alan.

«Trovi?»

«Nell'immagine, molto meno nello scegliere il soggetto.»

Giulia sorrise.

«Allora, professor Maier, ci spieghi dove era sparito per questi due anni in cui nessuno ha avuto notizie di lei.»

«Ho fatto un sacco di cose, penso di avere addirittura imparato a preparare un buon baccalà mantecato.»

«Questa affermazione richiederà una verifica.»

«Se avrà la compiacenza di seguirmi a Venezia, sarò lieto di sottopormi alla prova. Ma c'è un problema.»

«Ci dica quale.»

«Venezia è in mezzo all'acqua.»

«La mia città ideale.»

Rimasero in silenzio, mentre una leggera brezza soffiava tra i rami dell'albero sopra di loro.

«Lo so che è stupido» riprese Giulia, «ma è più forte di me. Un po' come tu e il professore, che fosse stupido non sentirsi più per due anni lo sapevate entrambi no?»

«Non è educato parlare degli assenti, soprattutto quando sono anziani e viziati.»

«A volte si è un po' obbligati a farlo, quando certe persone non sono mai presenti.»

«Se hai intenzione di passare del tempo con tuo padre sarà bene che ci faccia l'abitudine.»

«Non vale solo per lui.»

Alan si voltò verso di lei per capire il senso di quell'ultima frase. Ma Giulia si era già alzata osservando la Mercedes di Margherita che stava percorrendo il viale. Dall'auto uscì Umberto, che con l'unico braccio a disposizione afferrò alcuni sacchetti dal sedile posteriore.

«Ma cosa fanno?» chiese Giulia togliendo il copriobiettivo alla macchina fotografica.

Alan ci rifletté qualche secondo.

«Oggi è lunedì» disse alzandosi accanto a lei.

«E quindi?»

«E quindi è il giorno libero di Lorenzo, che va a trovare il nipotino a Colle Val d'Elsa.»

«E ha spedito il pranzo per posta?»

«Non proprio. Vedi, ci sono vecchie e incorreggibili abitudini da queste parti. Nonostante Lorenzo abbia proibito nella maniera più assoluta a chiunque di soddisfare certi desideri della sua principale, c'è sempre chi è pronto a non rispettare questa regola ogni volta che lui va a trovare il nipote.»

«E quindi?»

«E quindi, di solito, il pranzo del lunedì è dedicato alla passione più inconfessabile della padrona di casa.»

Con lo zoom della Nikon, Giulia scattò un primo piano ai numerosi sacchetti di carta che Monti e Umberto stavano portando in casa. Tutti con il simbolo del McDonald's.

«McBacon, Chiken salad, BigMac, patatine delux grondanti maionese, gamberi fritti e fiumi di Coca Cola.»

«Ma sono decine di sacchetti» osservò Giulia.

«Allora gli altri saranno ancora in macchina.»

41

Il Duomo era affollato, come ogni sera. Avevano deciso di fare un sopralluogo nel tardo pomeriggio, per dar modo a Umberto di sfogare la sua impazienza. Margherita aveva preso accordi per le 20.30, orario in cui la cattedrale era già chiusa alle visite. Come finanziatrice dell'Opera, aveva pienamente diritto a trattenersi per una preghiera serale con i suoi familiari.

Il tema della loro visita era Aringhieri. Del cavaliere di Rodi, appartenente all'Ordine dell'Ospedale di San Giovanni di Gerusalemme, era conservato un ritratto e un altro compariva in uno dei dipinti della storia di Pio II, commissionati al Pinturicchio dalla famiglia di Enea Silvio Piccolomini per celebrare, attraverso il parente, l'importanza della casata e la sua influenza sulla città di Siena. E compariva anche tra i dieci saggi in cammino verso il Monte della Saggezza.

All'interno della chiesa, simboli del paganesimo si affacciavano ovunque. L'atteggiamento delle sibille, intermediarie tra l'uomo e le divinità antiche, ed Ermete Trismegisto, con il mistero della sua identità, ritratto nella tarsia posta all'ingresso del tempio.

«Tutta l'opera di Aringhieri sembra voler confermare che l'origine del Cristianesimo viene da lontano, dall'Egitto.» Umberto indicò la figura di Ermete. *«Ricevete le lettere e le leggi, o egiziani»* aggiunse traducendo l'iscrizione in latino che si trovava riportata accanto al Trismegisto. Poi passò all'altra iscrizione riportata sulla tarsia. *«Dio, creatore di tutte le cose, creò un secondo Dio visibile e lo creò per primo e unico, nel quale si compiacque, e molto amò il proprio figlio.* È un passo del *Discorso perfetto* attribuito ad Ermete.» Poi indicò ancora un'altra iscrizione, riportata sotto la figura del filosofo. «*Contemporaneo di Mosè.*»

«Un profeta che dona al popolo leggi e scrittura, originale» affermò Alan.

«Pensa al mito del Diluvio universale, compare in molte religioni, da quella greca a quella sumera fino ai miti maya» aggiunse di nuovo Umberto. «Tutte più antiche di quella ebraica. Come del resto il mito del profeta sulla montagna che ottiene le leggi direttamente da Dio. Ce ne sono almeno altri cinque prima di Mosè.»

«Tutta la Bibbia sarebbe un plagio?» chiese Giulia.

«Diciamo un remix» disse Umberto. «Tieni presente che lo stesso Antico Testamento, come oggi lo conosciamo, è stato redatto proprio ad Alessandria.»

«Non è un libro ebraico?»

«Secondo la leggenda l'Antico Testamento è stato tradotto in greco da una serie di scritti e tradizioni orali di origine ebraica giunti ad Alessandria» disse Umberto. «Una leggenda in base alla quale settanta saggi, forse di cultura ebraica, misero insieme quel materiale, di cui l'originale è andato in gran parte perduto. Il canone dell'Antico Testamento è stato raccolto più o meno in contemporanea con quello del Nuovo, quando le due branche dell'ebraismo si sono divise.»

«E quindi» disse Alan «quello che vale per la figura di Cristo, per esempio per il parto virginale, vale anche per il Diluvio, le leggi e più in generale per tutta la Bibbia.»

I visitatori cominciavano a scemare verso l'uscita. Giulia si soffermò su di loro, cercando di capire cosa avessero cercato in quel luogo, su cosa si fondasse la loro fede e quanto in effetti una scoperta archeologica avrebbe potuto metterla in dubbio. I loro sguardi soddisfatti, verso l'uscita, raccontavano di speranze ritrovate. Alcuni di loro avevano forse lasciato oggetti preziosi in voto alla Madonna, altri avevano attraversato quel Tempio senza soffermarsi sulla presenza di cose che poco avevano a che fare con la loro religione, con quel loro linguaggio nel quale avevano imparato a pregare.

Due bambini tenevano per mano una donna anziana, che sembrava spiegare loro il giusto comportamento all'interno di un luogo di culto, i movimenti verso l'uscita, il segno della croce rivolti verso l'altare prima di varcare la soglia. Uno dei bambini immerse la mano nell'acquasantiera e si fece il segno della croce con l'acqua benedetta.

Un uomo di stazza imponente si appoggiava a un bastone. Aveva una gamba del tutto immobile. Forse era finta. Si avvicinò alla cappella della Madonna del voto, appoggiandovi sopra un piccolo oggetto che sembrava d'oro. L'ora di chiusura era ormai vicina e il guardiano gli si avvicinò, forse per ricordarglielo. Gli altri fedeli lasciarono la cappella e si rivolsero all'uscita, raggiunta la quale si voltavano verso l'altare facendosi il segno della croce.

«Quanti di loro sanno che quel segno era già sacro a Horus?» Giulia sentì la voce di suo padre alle spalle. Si voltò. Umberto le sorrise. Una luce meravigliosa penetrava all'interno della tempio dalle finestre dipinte.

«Il senso del divino trasmesso all'interno delle chiese è forse il primo esempio di effetto speciale realizzato dall'uomo» le disse. «Le volte del tetto, le dimensioni, l'illuminazione, l'odore di incenso, tutti dettagli di un'unica splendida suggestione.» Umberto alzò verso il cielo il braccio che poteva muovere, poi lo riabbassò e indicò verso una cappella. «Teschi, tombe e reliquie devono incutere al fedele il timore della morte, mentre il senso del sacro e la suggestione del divino devono essere percepite come un modo per vincerla. Il che fa della religione la più antica e consolatoria forma di legittimazione del potere.»

«Non c'è altro, secondo te?» gli chiese Giulia.

«Il fatto è che nessuno può risponderti. Chiunque lo faccia parla di cose che non sa. Ed è per questo che saremo più liberi solo quando capiremo che le riposte a quelle domande non si trovano né qui dentro né in nessun altro luogo di questa terra e di questa vita.»

«Il discorso del perfetto agnostico» disse Alan.

«È attraverso il dubbio che ho imparato a conoscere» disse Umberto, citando qualcosa a memoria. «L'unico rapporto possibile con il grande mistero è un sentimento intimo, che ognuno porta dentro di sé.»

«Cos'è quello?» Margherita stava indicando un segno che si trovava alla base di una colonna. Un disegno di pochi centimetri tracciato sul pavimento proprio accanto al basamento. Alan si chinò subito a terra.

Un triangolo attraversato da una linea orizzontale.

«È il simbolo dell'Aria» disse, «quello che abbiamo già trovato sulla chiave.»

Giulia si tolse lo zaino dalla schiena e dopo averlo appoggiato a terra vi frugò dentro cercando la chiave di cui Alan stava parlando. Gliela porse. Il disegno riportato sulla chiave trovata a San Galgano era identico a quello tracciato sul pavimento del Duomo.

«Le due figure disegnate sul tabellone di gioco si trovano su un basamento, quindi corrispondono a due colonne» disse Margherita, spiegando come fosse riuscita a trovare un segno così piccolo in un posto così grande. «Bastava capire dove guardare.»

«Ottimo, mia cara» le disse Umberto, mentre Alan stava ancora controllando il profilo del disegno. Poi si alzò da terra come in trance. «Due colonne, esatto» disse sorridendo a Margherita. «Nel disegno sono una di fronte all'altra e la porta che aprono è in mezzo a loro» concluse, indicando la colonna opposta a quella attorno alla quale si trovavano.

Giulia attraversò la navata centrale, passando di fronte alla tarsia del Monte della Saggezza. Arrivata all'altra colonna cercò vicino al basamento.

E trovò il segno che stava cercando.

Il triangolo rivolto verso il basso, il simbolo dell'Acqua.

Rivolta verso gli altri che attendevano risposte nell'altra navata laterale, come sulla sponda opposta di un fiume, Giulia annuì.

«Dobbiamo trovare le serrature per aprire il portale, quindi» disse Umberto.

Alan sfiorò con le dita il disegno che Margherita aveva scovato e il profilo della piccola lastra sulla quale era stato inciso. Bussò a terra, prima vicino al suo piede, poi vicino al simbolo dell'Aria. Il suono che ne risultò era differente.

«Qui è vuoto» disse. «La serratura è qui sotto. E penso di aver capito dove si trova la porta.» Seguendo la direzione dei suoi occhi, Umberto posò lo sguardo sui dieci pellegrini che si incamminavano lungo il sentiero, ai piedi del Monte della Saggezza, alla cui sommità la dea della conoscenza donava una palma a colui che aveva completato il percorso.

«Quanto tempo abbiamo prima della chiusura?» chiese Umberto.

«Meno di un'ora, perché?» gli chiese Margherita.

«Perché penso che qualcuno dovrebbe andare a riprendere qualche torcia.» Stava fissando la tarsia. «Il prossimo enigma è là sotto.»

42

Alan e Giulia erano usciti per tornare a casa di Ardenti e prendere le torce. Quando rientrarono all'interno del Duomo, il sorvegliante riconobbe i due nipoti della signora Orsini e li lasciò passare. Era impegnato a guidare i fedeli verso l'uscita, poiché nonostante l'orario di apertura fosse bene in mostra pressoché ovunque, c'era sempre chi voleva approfittare degli ultimi minuti per rivolgere un'ultima supplica. Scattò persino un allarme nella zona della cappella della Madonna del Voto.

«Non è una novità che a fine giornata qualcuno provi a portarsi via qualche pegno» spiegò Margherita, indicando il vigilante che si dirigeva a passo veloce verso la cappella.

Quando i fedeli ebbero lasciato il Duomo, un secondo vigilante, più robusto e più giovane del primo, andò a chiudere l'ingresso. Aveva evidentemente ricevuto istruzioni dal collega, tanto che dopo aver chiuso il portone mostrò il pollice al gruppo di Margherita, indicando che tutto era sistemato e che avrebbero potuto iniziare le loro preghiere indisturbati. Dopodiché, li lasciarono soli.

Umberto si portò di fronte alla tarsia del Monte della Saggezza. Si abbassò per sfiorarne la superficie con le dita. Il volto di Aringhieri, il bastone simile a quello che aveva trovato nella cripta. La palma, la Fenice che stava per risorgere.

Alan infilò la punta piatta del cacciavite nella fuga tra la piccola mattonella che avrebbe dovuto togliere e l'altra che aveva accanto. Facendo leva con il cacciavite riuscì ad alzare il piccolo pezzo di pavimento, appoggiandolo poi al lato. Al centro del buco, un rilievo lavorato in ferro, che ricordava il movimento del vento, circondava la fessura che aspettava soltanto la chiave dell'Aria. Alan ce la inserì.

«Aspetta a girarla» gli disse Umberto, alle sue spalle. «I due del disegno aprono la porta insieme, forse le due chiavi vanno girate contemporaneamente. Atteniamoci a ogni indicazione che abbiamo.»

Alan raggiunse l'altra colonna e lavorando allo stesso modo inserì l'altra chiave in una seconda toppa, anch'essa lavorata in metallo, che rappresentava una piccola onda.

«Mi auguro che sarete in grado di rimettere tutto com'era.» Margherita stava osservando quel *lavoro* con elegante disprezzo.

Umberto era al centro della navata, di fronte alla tarsia che avrebbe dovuto rivelare il passaggio. Giulia si chinò afferrando tra le dita la chiave dell'Aria, dalla parte opposta della navata. Margherita e Monti si portarono dietro Umberto, al centro della chiesa. Il professore alzò di fronte a sé il braccio libero. E quando lo abbassò Alan e Giulia girarono insieme le chiavi. Entrambe fecero un solo scatto.

Un rumore, che sembrava provenire da sotto il pavimento, si diffuse dai due punti in cui si trovavano le chiavi fino alla tarsia di fronte alla quale attendeva Umberto, come se si fosse innescata una reazione di serrature a catena, fino a un rumore metallico più forte che sembrò sbloccare qualcosa proprio sotto la tarsia del Monte della Saggezza.

Alan e Giulia avevano lasciato le loro postazioni. E mentre si avvicinavano a Umberto videro la tarsia affondare. Dopo pochi centimetri la lastra si fermò. Poi con un nuovo movimento cominciò a scorrere verso l'altare, scomparendo nel pavimento e aprendo sotto di sé un buco.

«Non si vede il fondo» disse Umberto, puntando la torcia.

«Guarda lì» gli disse Giulia. Due cifre, scritte con gli stessi caratteri di quelle ritrovate nelle nicchie insieme alle chiavi, erano incise nella pietra. Un 3 e accanto un altro 3.

«Doppio tre» disse Alan, spiegando la mappa del gioco sul pavimento. «Un sei che ci porta alla casa numero quarantatré.» Non avevano più la tartaruga incastonata di pietre preziose, per cui Alan indicò la casa alla quale erano arrivati appoggiandovi sopra il dito.

«Il Pozzo» commentò Umberto, fissando il disegno di un classico pozzo, costruito con grossi pezzi di pietra, che era raffigurato sulla loro nuova posizione.

«Cosa succede nel gioco con il Pozzo?» chiese Giulia fissando il buio che si apriva ai suoi piedi.

«Il personaggio che sta compiendo il cammino cade nel pozzo» disse Alan. «Nella versione iniziale del gioco rimaneva fermo per un turno, in pratica il tempo necessario al personaggio per risalire dal pozzo. In un secondo momento però venne inserita nel gioco un'altra casa ricorrente, la Prigione, in cui il personaggio che ci finiva dentro doveva aspettare che un altro concorrente si fermasse su quella stessa casa per poter uscire. Questo avvenne soprattutto nelle successive versioni con novanta caselle. Ma poiché il gioco con le novanta caselle risultava troppo lungo, alcuni preferirono tornare alle sessantatré, togliendo la prigione e, in alcuni casi, assegnando la sua funzione al Pozzo.»

«In conclusione, Alan, in modo sintetico, cosa-succede-nel-pozzo?» chiese di nuovo Giulia.

«Cosa vuoi che ne sappia» le rispose Alan. «Le case di questo tabellone sono sessantatré. Ma le case ricorrenti non corrispondono a quelle del gioco classico. Il pozzo era alla casa trentuno, qui siamo alla quarantatré.»

«Bene, professore, è arrivato il tuo momento» disse Margherita a Umberto, allontanandosi dal buco e dirigendosi verso una colonna. «Non vorrai perdere l'occasione di scendere per primo verso la gloria.»

«Ti sbagli, stavolta io non vado.» Margherita si fermò e si voltò verso di lui, aspettando che si spiegasse meglio. «Monti sarà sicuramente più utile ai due baldi giovani e non ho alcuna intenzione di lasciarti qui da sola.»

«So badare a me stessa, professore.»

Umberto le si avvicinò in modo che soltanto lei potesse sentire.

«Lascia a questo vecchio egoista un'ultima occasione di riscatto.» E a voce più alta aggiunse indicando Alan: «Lascia che passi il testimone.»

«Se il signor Monti accetterà questo compito extra» aggiunse Margherita.

«Sono sicuro che ne sarà entusiasta» disse Alan. Quando si rivolse verso Giulia la vide che fissava l'oscurità che si apriva ai suoi piedi. «Più o meno quanto lo siamo noi due, immagino.»

«Scendi verso l'ignoto, Alan, ti affido mia figlia» gli disse Umberto.

«Non dovrebbe esserci un'autorizzazione per farlo?» chiese Giulia. «Non dovrebbe esserci un'equipe di archeologi o qualcosa del genere?»

«Dovrei avvertire la Fermani, Giulia?» chiese Umberto.

«No, certo che no.» Giulia indossò sulle spalle lo zaino con la macchina fotografica. «E va bene, andiamo a vedere cosa c'è.»

Alan illuminò con una torcia la fila di gradini di pietra che usciva dalle pareti del pozzo a circa due metri dall'ingresso del buco. Appoggiò la torcia sul pavimento. Monti lo aiutò a distendersi con le braccia tese fino ad appoggiare i piedi sul primo gradino.

«Stai attento, giovanotto» gli disse Margherita.

Alan annuì. E cominciò a scendere.

Giulia lo seguì. Monti si avvicinò a Margherita e si chinò verso di lei come per dirle qualcosa. Margherita gli afferrò la mano e gli sorrise. La guardia tornò all'apertura nel pavimento e seguì Giulia.

«Bene, non ci resta che aspettare» disse Umberto quando gli altri furono tutti spariti nel buco.

«Hai pensato a qualcosa per ingannare il tempo?» gli chiese Margherita.

«Si accettano suggerimenti.»

«Vediamo se vi piace questo.»

Una voce.

Dal buio.

Il vigilante più robusto, il secondo arrivato, si avvicinò ai due.

«Non ha ricevuto precise indicazioni di lasciarci soli?» gli chiese Margherita. «Non avrebbe dovuto interromperci per nessun motivo. Dov'è il suo collega, mi sembrava più sveglio di lei.»

«Posso assicurarle che adesso è tutt'altro che sveglio» disse il vigilante estraendo una pistola dalla fondina.

«Ma cosa ha intenzione di fare?» gli chiese Umberto, ponendosi tra lui e Margherita.

«Portare a termine il mio lavoro, professor Ardenti» gli rispose.

«Mornari...» sussurrò Umberto.

«Come vede ci incontriamo di nuovo, professore.» La voce arrivò alle loro spalle. Umberto e Margherita si voltarono e videro un uomo uscire dalla cappella della Madonna del Voto. Giulia lo avrebbe riconosciuto, lo aveva visto poco prima: quel tipo goffo e con una gamba immobilizzata che aveva lasciato un oggetto in voto alla Madonna. Si tolse l'impermeabile, rivelando una serie di borse che aveva legate addosso. Mornari sganciò qualcosa da dentro i pantaloni e due sbarre di metallo uscirono dalla gamba che sembrava immobile. Tra le sbarre di metallo, simili a tutori ortopedici, erano sistemate due pistole, che in quel modo avrebbero superato qualsiasi metal detector. Mornari ne prese una e passò l'altra al suo uomo, che nel frattempo lo aveva raggiunto.

Ora il finto vigilante teneva sotto tiro sia il professore sia Margherita, mentre Mornari si preparava a occuparsi di chi sarebbe uscito dal buco.

«Lei è completamente pazzo, Mornari» disse Umberto. «Che cosa vuole da noi?»

«Potreste iniziare, per esempio, consegnandomi i vostri telefoni cellulari.» Gli occhi chiari, freddi, incassati in un volto scuro.

«Da quanto tempo ci stavate seguendo?»

«Il vostro gorilla non avrebbe dovuto lasciarvi soli.»

Margherita si voltò verso il buco in cui si erano infilati gli altri. La luce delle torce era scomparsa. Adesso non era possibile sapere dove si trovassero.

QUARTA PARTE

LA RIVELAZIONE DEL FUOCO

43

La scala di pietra incastonata nella parete del pozzo proseguiva per circa venti metri verso il basso e terminava in un cunicolo che procedeva in orizzontale, nella direzione in cui sopra di loro si trovava l'altare. Il primo a toccare terra fu Alan. Monti osservò il suo telefono cellulare. Ovviamente non c'era campo.

Con la torcia Alan osservò attorno a loro. Le pareti erano scavate nella roccia, molto simili a quelle che avevano già visto nel corso della loro visita nei bottini della città. Poi, qualcosa riflesse la luce emanata dalla torcia elettrica. Era una piccola lastra di metallo.

«Guarda» disse Giulia, indicando il punto dello scintillio.

La lastra di metallo si trovava a pochi metri da loro. Alan si inoltrò nel cunicolo, illuminando di fronte a sé con il cono di luce della torcia. Quando arrivò alla piccola lastra fece cenno agli altri di avvicinarsi e illuminò la stella a cinque punte che vi era incisa sopra.

«La chiave, Giulia» disse abbassandosi e protendendo la mano verso di lei. In pochi istanti aprì la nicchia, identica a quelle già trovate a San Galgano e nei bottini, ed estrasse il terzo uovo.

«L'oca ha covato ancora» disse Giulia, riprendendo la chiave che Alan le porse. «Abbiamo anche un numero?» aggiunse prendendo dallo zaino un taglierino per aprire l'uovo.

Nel frattempo Alan sistemò a terra il tabellone di gioco. Con la torcia illuminò i due numeri incisi dietro la lastra di metallo. Erano un 6 e un 2.

«Fatto» disse Giulia, illuminando la nuova chiave, che riportava un simbolo simile alle altre. Era un triangolo, con la punta rivolta verso il basso, attraversato da una linea orizzontale.

«È il simbolo alchemico della Terra» disse Alan, che aveva le mani appoggiate sulla tela con il tabellone di gioco. Adesso avevano quattro elementi su cinque e si trovavano ormai molto vicini alla conclusione della partita.

«Quanto pensate che ci vorrà?» chiese Monti, osservando l'orologio. «Non voglio lasciarli soli troppo a lungo.»

«Questo non posso saperlo» gli rispose Alan.

«Sono convinta che quei due ragazzacci si godranno un po' di solitudine» disse Giulia.

«La Locanda» sussurrò Alan fissando la tela.

Giulia e Monti si voltarono verso di lui osservando la casa 51, sulla quale stava puntando il dito. Erano ritratte tre persone che stavano giocando a qualcosa che prevedeva il lancio di dadi e alcune pedine appoggiate sul tavolo attorno al quale erano seduti.

«Un gioco nel gioco» disse Monti.

«Stanno facendo una partita al nostro stesso gioco» gli rispose Alan.

«Cosa vuol dire? Cosa succede nella Locanda?» gli chiese Giulia.

«Niente di straordinario, il giocatore che finisce su questa casa, che di solito si trova alla numero 19, ovvero prima del pozzo, si ferma un turno e paga la posta.»

«E noi cosa dovremmo fare?» gli chiese Giulia.

«Prima di tutto dovremmo capire cosa significa questo.» Alan indicò una sigla riportata nella parte basse dell'illustrazione. Proprio sotto il tavolo da gioco, fuori dal punto che focalizzava l'attenzione, c'era scritto *VSMCEV*.

«Hai qualche idea?» gli chiese ancora Giulia.

«Al momento nessuna.»

«E allora?» chiese Monti.

«E allora io direi di andare avanti stando molto attenti a dove mettiamo i piedi» concluse Alan. «Senza dimenticarci che il Gioco dell'Oca è un percorso iniziatico disseminato di prove da superare e confidando nel fatto che al momento giusto capiremo cosa vuol dire quella sigla.»

«Ovviamente tu saprai quando sarà arrivato il momento giusto, non è vero?» gli chiese Giulia.

Alan illuminò con la torcia il percorso che proseguiva di fronte a loro.

«Questo gioco divertente potrebbe nascondere pericoli che non possiamo né immaginare né prevedere. E forse nemmeno affrontare. Senza contare il fatto che potremmo imbatterci in una frana che occlude ogni passaggio.»

Il pensiero di una frana non contribuì a rasserenare gli animi.

«C'è una cosa che ho notato» disse Monti, mentre Alan e Giulia si stavano incamminando nel cunicolo. Si fermarono entrambi, era la prima volta che l'addetto alla sicurezza prendeva parte nel merito della ricerca. Quando si rivolsero verso di lui, percepirono il suo imbarazzo.

«Premetto che non so tutte le cose che sembra sapere la nostra guida» disse indicando Alan. «Ma ho seguito con attenzione tutto quello che vi siete detti da quando avete cominciato. E mi sono accorto che esiste un certo legame tra le chiavi che avete trovato e il contesto in cui si trovavano.»

Giulia gli si avvicinò.

Alan gli fece cenno di proseguire.

«La chiave con la quale aprite le nicchie che contengono le altre chiavi avete detto che rappresenta la Quintessenza, una specie di spirito, non è vero?» chiese Monti. Dopo aver atteso che Alan e Giulia annuissero, proseguì. «E in un certo senso si trovava nell'*anima* di un bastone. Avete detto che la Quintessenza libera e governa gli altri elementi e infatti è servita per aprire le nicchie delle altre chiavi, ognuna delle quali rappresenta un elemento. E abbiamo trovato la chiave dell'Aria in una chiesa senza il tetto, aperta verso il cielo.»

«Esatto» disse Giulia. «La chiave dell'Acqua si trovava all'interno di un pozzo pieno di acqua.»

«La chiave della Terra» proseguì Monti «l'abbiamo trovata qui, a trenta metri di profondità, sottoterra.»

Non mancava che tirare le somme.

«Alan» concluse Giulia «dove troveremo la chiave del Fuoco?»

«Davvero eccellente, professore» disse Mornari, seduto su una sedia che il suo uomo gli aveva portato. Aveva accavallato le gambe, mettendosi comodo.

La luce che proveniva dall'esterno attraverso le vetrate si stava facendo debole. Adesso erano soltanto loro quattro all'interno della chiesa.

«Non capisco come pensi di uscirne» gli disse Umberto, che nel frattempo era stato fatto sedere su una sedia, accanto a Margherita.

«Sono un membro importante di una società che si prenderà cura di me, una volta rientrato a Roma» gli rispose.

«È così convinto che *Gladius Domini* possa coprirla? E come? Nascondendola in Vaticano?» Umberto aveva deciso di farlo parlare. Non sapendo come sarebbero andate le cose voleva almeno capire le intenzioni di quell'uomo. E soprattutto quanto fosse disposto a rischiare pur di ottenere ciò che voleva.

«Le assicuro che ho le risorse necessarie.»

«Magari fuggirà in Argentina come un nazista» affermò Margherita. Umberto si voltò verso di lei e comprese che aveva capito il suo gioco.

«Mi rimetto alla volontà di Dio, se è questo che ha deciso per me allora andrò in Argentina. Ma non si confonda con paragoni azzardati, signora Orsini, noi non siamo nazisti.»

«E cosa siete?» chiese Umberto.

«Siamo difensori della Vera Fede, professore. Siamo le più antiche famiglie dello Stato della Chiesa, impegnate a proteggere quanto di Sacro ancora esiste in quest'epoca buia.»

«Quanto vale la Fenice?» gli chiese Umberto.

«Una fortuna, professore. Ma non creda che sia solo una questione di soldi. Gli interessi in gioco sono altri. Le persone come lei, miopi e arroganti, devono essere arginate per il bene di tutti.»

«Ed è lei a decidere quale sia il bene di tutti?» gli chiese Margherita.

«Non esiste una visione parziale del Bene e del Male, non ne esiste interpretazione. Io sono uno strumento, un umile servitore, mia signora.»

«Sta pensando di bruciarci su un rogo?» gli chiese Umberto.

«Non sia melodrammatico, professore. Se avesse collaborato da subito non sarebbe in questa situazione e non ci avrebbe trascinato dentro anche tutti i suoi amici. E sua figlia.»

«Per conto di chi lavora?»

«Per conto di chi saprà fare di questi documenti il giusto utilizzo.»

«E quale sarebbe?»

«Non certo il tipo di divulgazione sensazionalistica che lei avrebbe in mente, professore.»

«Ma quei documenti...»

«Quei documenti, professore» la voce di Mornari si fece aspra «non le appartengono. Sono stati tenuti nascosti, protetti, destinati a una ristretta cerchia di studiosi da sempre. Questo era lo scopo di chi li ha cercati, ritrovati e custoditi. In questa storia è lei l'intruso. È lei il pericolo dal quale il *Codice della Fenice* è stato salvaguardato in tutto questo tempo.»

«E sarebbe lei il degno successore di chi lo ha custodito?»

«Sto rivalutando l'idea del rogo, Ardenti. Persino il suo cognome sembra un velato suggerimento.»

45

Camminando nella tenebra del sotterraneo, si erano accorti che, passato il punto in cui avevano trovato la chiave della Terra, il corridoio che stavano percorrendo procedeva con una costante pendenza verso il basso.

«C'è una cosa che non capisco» disse Giulia.

«Una sola?» disse Alan. «Allora ne hai capite parecchie più di me.»

«Come ha fatto tutto questo a rimanere segreto. Voglio dire, c'era un passaggio sotto il pavimento del Duomo e nessuno se ne era mai accorto?»

«Se è stato Aringhieri a radunare il primo nucleo senese dei custodi della Fenice è plausibile che, essendo lui direttore dell'Opera, anche i suoi successori abbiano avuto voce in capitolo al riguardo.»

«Cioè i custodi della Fenice avrebbero custodito tutto il Duomo?»

«Ci sono vari modi per farlo.»

«Sì ma...»

Giulia si interruppe non appena la luce delle torce illuminò di fronte a loro quello che sembrava un arco di pietra inciso attorno a un'apertura. Lentamente, con gli occhi che setacciavano ogni centimetro di quel corridoio, si avvicinarono.

Oltre il passaggio Alan illuminò con la torcia una delle cose più bizzarre che potesse immaginare di trovare là sotto. La fine del corridoio dava su una stanza circolare, con un diametro di più o meno tre metri, interamente rivestita di legno, compreso pavimento e soffitto.

Sulla parete circolare erano inseriti due anelli di metallo, che percorrevano l'intero perimetro della stanza. Sulla superficie degli anelli era raffigurata un'impressionante serie di simboli, simili a quelli che Alan e Giulia avevano già avuto modo di vedere sul bastone di legno all'interno del quale avevano trovato la tela con il tabellone di gioco e la prima chiave, quella della Quintessenza.

Occhi, piramidi, serpenti, uccelli, bastoni, pesci, fiori e molti altri.

In mezzo ai due anelli, proprio di fronte all'ingresso dove si trovavano, videro incisa sul legno quella che sembrava una figura umana, in corrispondenza della quale spuntavano due impugnature.

«Che diavolo è?» chiese Giulia.

«La Locanda.» Alan allungò un passo all'interno della stanza. Appena appoggiato il piede sul pavimento di legno provò a fare pressione per testarne la consistenza. Inspirò profondamente, trattenne l'aria nei polmoni pieni e completò il passo, entrando nella stanza.

Attese qualche secondo, non accadde niente.

Con la torcia esaminò l'interno della stanza. Entrarono anche Giulia, che stava riprendendo tutto con la videocamera, e Monti.

E fu allora che tutti e tre avvertirono un sensibile movimento sotto i piedi.

«Cos'è stato?» disse Alan.

«Non lo so» gli rispose Monti. «Ma ho come la sensazione di essere sospeso nel vuoto. E non è piacevole.»

Alan illuminò di nuovo quello che sembrava il disegno di una figura umana, inciso nel legno di fronte all'apertura della stanza.

«Ermete Trismegisto.»

Era riprodotto in una posa simile a quella in cui era rappresentato nella tarsia all'ingresso del Duomo. La mano destra era piegata verso l'alto, mentre la sinistra era dritta verso il basso. Con gli indici delle mani bene in mostra sembrava indicare qualcosa che gli stava vicino.

Ma vicino aveva soltanto i due anelli che percorrevano l'intero perimetro della stanza.

«Siamo sospesi nel vuoto» disse Alan. «Perché ci troviamo all'interno di un ascensore.»

«Cosa?» Giulia si guardò attorno.

«Cerchiamo di stare calmi» disse Monti. «Abbiamo idea di come andare avanti? Altrimenti è meglio uscire di qui per pensarci.»

«No, è tutto chiaro» disse Alan. Monti e Giulia lo fissarono attoniti.

«Dobbiamo cercare due simboli uguali su questi anelli. Due simboli che si ripetono sia su quello che si trova sopra la figura di Ermete sia su quello che si trova sotto. Sono la chiave per andare avanti.»

Setacciarono i due anelli, su ognuno di essi erano tracciati centinaia di simboli diversi.

«Hai idea di quanto tempo ci vorrà?» gli chiese Giulia, illuminando la superficie degli anelli con la sua torcia elettrica.

«Assolutamente no» disse Alan.

«Prendiamone uno per uno sul disco superiore e cerchiamo l'equivalente su quello inferiore» propose Monti.

Setacciarono i due cerchi di ferro fino a trovare un disegno che si ripeteva. Era un Sole.

«È questo» disse Monti.

«Completiamo l'opera» gli rispose Alan. «Non vorrei aver sbagliato tutto, per essere sicuri di aver capito la soluzione di questo enigma meglio controllare che non ci siano altri simboli ripetuti su entrambi gli anelli.»

Dopo aver speso altro tempo per fare la verifica, si assicurarono che l'unico disegno a ripetersi su entrambi i dischi fosse proprio quello del Sole.

«E adesso?» chiese Giulia.

«Adesso dobbiamo far muovere questo arnese» le spiegò Alan.

«Magari potresti spiegarci cosa stiamo facendo» insistette Giulia.

«Il disegno rappresenta Ermete Trismegisto, giusto?» disse Alan, illuminando con la torcia la figura incisa nel legno. Gli altri due lo stavano ascoltando. «Ricordate la sigla che abbiamo trovato nella casa della Locanda?» Si riferiva alle lettere che non erano riusciti a interpretare, VSMCEV, che erano trascritte sotto il tavolo al quale erano seduti i tre personaggi della Locanda.

«Hai capito cosa volevano dire?» chiese Giulia.

«*Verum sine mendacio certum et verissimum.*»

«Grazie, adesso è tutto più chiaro» disse Monti.

«*È vero senza menzogna certo e verissimo.* Sono le parole con le quali inizia la *Tavola di Smeraldo*. Quel testo ritrovato in Egitto prima dell'era cristiana e attribuito al solito Ermete. È considerata la pietra fondamentale dell'alchimia per il suo contenuto. Ricordate quello che dicevamo sulle sue corrispondenze con il *Pater Noster*? La parte *Così in cielo come in terra* che assomiglia così tanto a *Ciò che è in basso è come ciò che è in alto e ciò che è in alto è come ciò che è in basso?*»

«Impressionante» concluse Giulia. «Quindi dobbiamo far coincidere nei punti indicati da Ermete lo stesso simbolo, in modo che ciò che sta in basso sia ciò che sta in alto e viceversa.»

«Come in cielo, così in terra» concluse Alan.

Monti afferrò l'impugnatura del cerchio che si trovava sopra la figura di Ermete. Puntandosi con i piedi iniziò a spostarla. La stanza si mosse verso il basso. Si fermò. Alan gli fece cenno di continuare, ponendosi dalla parte opposta e tirando verso di sé l'impugnatura. Quando ripresero a spostare la ruota, la stanza riprese a muoversi verso il basso.

«Scendiamo» disse Giulia. «Fermi un momento, prima o poi dovremo tornare indietro. Ricordiamoci del serpente arrotolato a forma di otto sulla ruota superiore e di quel segno a forma di croce greca sul secondo, così torneremo al punto in cui ci troviamo adesso.»

«Ottimo» annuì Monti, riprendendo a spingere.

Continuarono a scendere finché il simbolo del Sole non arrivò in corrispondenza del disegno di Ermete.

«Adesso l'altro» disse Monti.

Come avevano fatto per il primo anello iniziarono a fare per la seconda. Mentre la stanza iniziò a ruotare su sé stessa. Finché l'apertura dalla quale erano entrati non arrivò a coincidere con quello che sembrava un nuovo corridoio scavato nella roccia.

«Ci siamo» disse Giulia, avvicinandosi all'uscita e puntando fuori la torcia elettrica.

Il corridoio stavolta era soltanto un passaggio di pochi metri, lavorato in pietra, al termine del quale si apriva una stanza. Dalla loro posizione riuscirono a malapena a intravedere il profilo di un qualcosa di enorme, alto più di due metri, situato proprio al centro della loro prossima destinazione.

46

Superato il breve corridoio si trovarono in un ambiente spazioso, con pavimenti e pareti lavorate che gli conferivano un aspetto diverso dalle altre stanze scavate nella roccia viva.

Con i coni di luce proiettati dalle loro torce riuscirono a illuminare gran parte dell'incredibile luogo in cui si trovavano. Vicino all'ingresso, a terra, ancora una piccola lastra di ferro con incisa la stella a cinque punte, uguale alle altre nelle quali avevano trovato le chiavi degli elementi che, come recitava l'avvertimento inciso sul bastone, proteggevano la Fenice. Al centro della stanza, il grande oggetto di cui avevano intravisto il profilo già dalla Locanda.

Sembrava un grosso pentolone in pietra, dalla forma spanciata. Era alto più di due metri e poggiava su un piedistallo, anch'esso di pietra, all'interno del quale si apriva un grosso foro in cui accendere il fuoco.

Alan gli si avvicinò. Nei suoi occhi dilagava un profondo stupore, misto all'eccitazione di un bambino. Oltre il pentolone, nella parte opposta della stanza, sul pavimento era tracciato un labirinto, con un disco al centro in cui erano incisi due 3, uno di fianco all'altro. Oltre il labirinto una porta di legno, rinforzata con barre di ferro orizzontali, che aveva una serratura su entrambe le ante. Attorno alle serrature, i simboli alchemici dell'aria e del fuoco.

«Che posto incredibile» disse Giulia.

«Avete idea di quanto saremo sottoterra?» chiese Monti.

«L'ascensore sembrava scendere velocemente» gli rispose Alan, con gli occhi inchiodati al pentolone. «Penso che in tutto saremo tra i cento e i duecento metri sotto Siena.»

«Hai idea di cosa sia questo?» gli chiese Giulia indicando il pentolone.

«Sì» le rispose Alan. «Si dice che Ficino fosse un grande alchimista. Tutta questa storia dal momento in cui passa attraverso di lui e poi attraverso il suo amico Aringhieri sembra diventare un'antologia alchemica. »

«Come al solito, adesso è tutto più chiaro.»

«Credo che ci troviamo di fronte a un *atanor*» e mentre lo diceva, con la torcia illuminò una scritta incisa sopra la superficie di pietra. Quando la luce della torcia passò sopra quelle lettere, per un momento il cuore di Alan cessò di battere. Sull'atanor era inciso *INRI*.

«Cosa è un *atanor* e cosa ci fa quella scritta là sopra?» chiese Giulia.

«Un atanor è il pentolone dell'alchimista, quello in cui seguendo la ricetta di Nicolas Flamel era possibile realizzare la Pietra Filosofale, o elisir di lunga vita o chissà quale altra leggenda. Quanto alla sigla di solito significa *Iesus Nazarenus Rex Iudaeorum*. L'avrai vista migliaia di volte riportata sul crocifisso. Ma riguardo a che cosa ci faccia *qui sopra* non ne ho la più pallida idea.»

«La Pietra Filosofale, Alan?»

«Vediamo di capirci qualcosa, fatemi fare mente locale. Dunque, il primo a parlarne fu un certo Giabir ibn Hayyan, conosciuto come Geber, un alchimista musulmano vissuto all'inizio del nono secolo. Nel suo laboratorio scoprì alcuni acidi, tra cui la soda caustica. Di solito è conosciuto per aver scoperto il mercurio.» Alan si fermò e tornò a rivolgersi agli altri. «Strana coincidenza, non trovate? Ermete, che per gli egiziani diviene Thot, poi Hermes per i greci e alla fine Mercurio per i romani.»

«Alan, cosa-vuol-dire-tutto-questo?»

«Connessioni, Giulia. Soltanto connessioni. Al momento sono l'unica cosa che abbiamo. Potrei citare il fatto che Geber, nelle poche raffigurazioni in cui è stato ritratto, somiglia molto a Ermete, o potrei ricordarti che la vicenda della Fenice ha attraversato più di duemila anni di storia rimanendo sempre un retaggio di pochi. E potrei soffermarmi persino sul fatto che anche la Pietra Filosofale, una leggenda medievale, è stata rappresentata a volte con la Fenice. La pietra sulla quale si fonda la sapienza dei filosofi, un'antica sapienza nascosta sotto l'improbabile leggenda di un elisir che trasformava il piombo in oro. Elisir di lunga vita e resurrezione. Sono simboli e ogni simbolo è connesso a un altro simbolo in una catena infinita.»

Alan sembrava stregato. Come se il luogo in cui si trovavano facesse da amplificatore ai suoi impulsi. Nomi, parole, simboli, alchimisti e leggende si inanellavano tra loro in una storia che sembrava contaminare altre storie, rivoltare significati, riguardare ogni cosa. Il punto di origine delle religioni moderne era davvero lì, custodito in quel posto sommerso nel ventre della terra?

«Ricordi quello che dicevamo sul fatto che la chiave dell'Aria era in un tempio a cielo aperto, che la chiave dell'Acqua era in un pozzo e che la chiave della Terra in un sotterraneo?» disse Giulia.

Alan si voltò verso di lei e la trovò in piedi di fronte alla lastra di metallo con la stella a cinque punte.

«Pensi che dovremmo aprirla?» chiese Giulia. «O forse dovremmo prima capire cosa c'entra il fuoco con tutto questo?»

«Da qualche parte dobbiamo cominciare.» Alan sembrava tornato in sé. «E aprire la solita nicchia per estrarre l'ultima chiave sembra la cosa più logica, almeno per il momento.»

La piccola lastra di metallo era a terra. Il pentagramma inciso sopra rifletté la luce della torcia. La stanza in cui si trovavano era un enorme rebus, forse l'ultima prova di quel percorso iniziatico che avrebbe dovuto rivelare loro la Verità nascosta.

«Si guardi intorno, professore.» Mornari continuava a stuzzicare Ardenti. «L'Occidente ha bisogno di un'identità. Lei cerca prove storiche per scardinarla.»

«Alla fine dei giochi è soltanto un mercenario, interessato al valore di quei documenti come un qualsiasi tombarolo» gli rispose Umberto. «E queste armi dicono che sarebbe persino disposto a uccidere per entrarne in possesso. Sarebbe questa l'identità del suo Occidente?»

«Il Cavaliere di Cristo uccide in piena coscienza e muore tranquillo. Morendo si salva, uccidendo lavora per il Cristo.»

«San Bernardo di Chiaravalle e la sua chiamata all'invasione della Terrasanta non le servirà a molto quando dovrà rispondere di tutto questo.»

«Ho letto più o meno tutto quello che ha scritto, sa? Lei spesso cita cose che solo chi appartiene a certi ambienti può cogliere. Dovrebbe comprendere la necessità di custodire certe rivelazioni soltanto per chi è preparato a condividerle.»

«Sono un uomo di scienza.»

«Così privo di fede… così lontano dalla luce…»

Margherita seguiva con attenzione ogni mossa dei due contendenti di quel duello immaginario, cercando di cogliere il momento giusto per agire.

Senza che nessuno se ne accorgesse aveva portato la mano sotto il sedile della sedia. Sfiorando con le dita la pistola di piccolo calibro che Monti le aveva sistemato lì sotto.

«È soltanto una precauzione» le aveva sussurrato poco fa, abbassandosi su di lei prima di seguire Alan e Giulia che stavano scendendo nel cunicolo. «Porta sempre in una posizione di vantaggio avere una carta vincente da giocare.»

Ringraziò Monti che aveva insistito, negli anni, affinché imparasse a usarla, poiché in qualsiasi momento avrebbe potuto aver bisogno di proteggersi da qualche intruso sfuggito alle maglie di quella rete di protezione che il suo addetto alla sicurezza aveva intessuto attorno alla sua vita.

«Lei parla di fede come se ne possedesse il copyright, Mornari. È la prepotenza di questa ambizione il vostro peggior nemico.» Umberto continuava a parlare. «E la violenza è soltanto l'ultimo ricorso cui si affida chi ha perso su tutti gli altri fronti.»

«Cosa ne sa lei di sconfitta, professore? Un libertino uscito dal Sessantotto che non ha preso sul serio niente della sua vita. Lei è l'esempio di chi non crede a niente, della deriva alla quale conduce il vostro nichilismo agnostico, la vostra negazione del Cristo.»

«Voi siete l'ombra che da secoli tenta di spegnere i lumi della ragione.»

«Lei mi sta annoiando, professore. Neppure lei ha il copyright della ragione.» La voce di Mornari aveva di nuovo assunto un tono aspro. «Stiamo perdendo tempo, dobbiamo preparare una degna accoglienza per i nostri amici» disse, rivolgendosi al finto vigilante, che continuava a tenere sotto tiro i due ostaggi.

Mornari tornò al centro della navata, togliendosi di dosso una delle piccole borse che fino a poco prima aveva tenuto nascoste sotto il lungo soprabito. Ne estrasse un piccolo tubo.

«Che cosa è?» gli chiese Umberto.

«Un piccolo dono per i vostri amici, professore. Un gas pensato per addormentare all'istante chi lo respira e consumare tutto l'ossigeno presente in un ambiente chiuso. Più o meno la stessa cosa che fa il monossido di carbonio con un fuoco acceso all'interno di un appartamento. Succede spesso, quando il camino non tira. Prima la perdita di coscienza, poi la morte per asfissia, nel sonno.»

Umberto fu attraversato dall'odio.

Giulia.

Alan.

Margherita.

Le persone che avevano tentato di dare un senso alla sua vita adesso erano nelle mani di quel pazzo arrogante.

Ma non era ancora scacco matto.

Si strappò via la fasciatura che gli teneva fermo il braccio e con la spinta di una furia cieca si lanciò contro Mornari, che in quel momento era disarmato. Il finto vigilante sparò contro di lui. Il primo proiettile lo mancò, il secondo lo prese di striscio a una gamba e si piantò su una colonna della chiesa. Ma non fu in grado di arrestare Umberto, che raggiunse Mornari, mettendo in gioco la propria vita. Lanciandosi su di lui lo afferrò scaraventandolo a terra, sul ciglio del pozzo, afferrandolo con entrambe le braccia, compresa quella che fino a poco prima aveva ancora immobilizzata nel tutore. L'uomo armato mosse un passo per avvicinarsi ai due, che si dibattevano a terra, ormai aggrovigliati.

«Stia fermo.» La voce di Margherita raggiunse il finto vigilante a pochi metri. Quando lui si voltò vide l'arma che la donna gli puntava addosso. «Non so quanto questo individuo l'abbia pagata per fare quello che sta facendo, ma posso assicurarle che se muoverà ancora un altro passo potrebbe essere l'ultimo. Ci pensi, ne vale la pena?»

«Non sparerà» urlò Mornari.

Margherita gli sparò.

Lo colpì di striscio a una gamba.

Mornari urlò.

«Si ricordi di non esprimere giudizi così affrettati la prossima volta» gli disse Margherita, tornando a puntare l'arma contro l'altro.

«Che aspetti? Sparale!» gridò Mornari.

Il finto vigilante si bloccò.

«Metta giù l'arma e nessuno si farà male» disse a Margherita. La sua voce era ferma, quell'uomo non aveva alcuna paura.

Nel frattempo Umberto, approfittando del momento in cui Mornari era stato colpito e aveva mollato la presa, si affacciò sul pozzo.

«Lo porto giù con me» gridò a Margherita. «Così la finiamo.»

Umberto arrivò sul buco aperto nel pavimento del Duomo, quando con un ultimo sforzo Mornari riuscì a girarsi bloc-

cando Ardenti. Il finto vigilante distolse la pistola da Margherita e la puntò contro di lui.

48

Alan sollevò la lastra di ferro con il pentacolo inciso sopra. Nella nicchia che si trovava sotto di essa trovò il quarto uovo di legno. Dopo averlo aperto di nuovo con il taglierino, trovarono al suo interno la chiave con il simbolo alchemico del Fuoco: un triangolo con la punta rivolta verso l'alto.

«E con questa adesso sono tutte» disse Giulia.

Incisi sotto il coperchio della nicchia due numeri, un 2 e un 4. Monti fece luce con la torcia sul tabellone di gioco che Alan aveva dispiegato a terra, mentre Giulia si occupava della chiave. Il punteggio di sei li avrebbe portati alla casa numero 57. Sulla quale era tracciato un labirinto.

«Ci siamo, il labirinto è disegnato sul pavimento in questa stanza, dall'altra parte di quest'affare» disse Monti indicando l'atanor.

Alan e Giulia lo seguirono, passando accanto al pentolone di pietra.

Mancavano soltanto sei case alla fine del percorso.

Monti illuminò il labirinto con la torcia. Si trattava di una tarsia rettangolare, con una base di almeno un metro e un'altezza di circa il doppio. Al centro del labirinto Monti illuminò di nuovo il doppio 3. Oltre la tarsia del labirinto si trovava la porta che aveva incastonate sulle serrature le due lavorazioni in ferro che raffiguravano la pietra e il fuoco.

«Se il sei trovato sotto il pentacolo ci porta alla 57, con questo sei arriviamo alla fine del gioco.» Giulia indicò l'ultima casa, la 63, sulla quale era raffigurata la Saggezza, ripresa dal disegno della tarsia del Duomo, che porgeva di fronte a sé la palma. All'inizio della casa finale una donna dalle forme abbondanti e un uomo con le mani infuocate aprivano la porta che conduceva al luogo in cui si trovava la Saggezza. «Sono le rappresentazioni della Terra e del Fuoco, aprono quella porta, l'ultima» aggiunse Giulia indicando la porta di fronte a loro.

«Apriamola allora» disse Monti, facendo un passo sul labirinto.

«Aspetta» lo bloccò Alan. «Manca qualcosa.»

«Cosa?» gli chiese Giulia.

«Secondo quanto ne so io, la Prigione è stata inserita in un secondo momento, anche se si trova di fatto nelle più antiche versioni del Gioco dell'Oca che conosciamo.» Alan illuminò la stanza con la torcia elettrica, sembrava cercare qualcosa. «Diciamo che il tabellone sul quale stiamo giocando si rifà proprio a queste versioni in cui la Prigione manca, del resto non mi sembra che tra le altre case del tabellone ci sia qualcosa che la indichi. Quindi, posso capire che non ci sia. Ma ne manca un'altra, che invece faceva parte già delle prime versioni del gioco.»

«Quale?» chiese Giulia.

«La Morte.»

«E quindi?» chiese Monti.

«E quindi ci andrei piano.»

«Allora è una trappola, la Morte è questa di fronte a noi» concluse Giulia indicando la porta oltre il labirinto.

«Ma con il lancio dei dadi abbiamo vinto, siamo alla casa finale» ribadì Monti. «Per quale motivo dovrebbe essere una trappola?»

«Mancano due cose, Ugo» disse Giulia. «Manca la casa della Morte e manca il Fuoco.»

Alan si voltò verso di lei.

«Cosa intendi dire?»

«Quello che dicevamo prima» disse Giulia. «Che per tutte le altre chiavi abbiamo avuto a che fare più o meno con l'elemento che rappresentavano. Mi aspettavo di dover superare una prova con il fuoco per prendere questa, invece niente. È strano. Forse il fuoco serve a qualcos'altro.»

Erano a un passo dalla conclusione, ma la fine della partita avrebbe potuto essere l'arrivo alla Fenice o alla Morte, qualunque cosa stesse a significare. Tutto dipendeva da quel complicato rebus rappresentato dalla stanza in cui si trovavano.

Alan stava illuminando l'atanor.

«Quindi manca la Morte, manca il Fuoco e manca l'atanor, dato che quest'affare si trova qui senza un'apparente spiegazione.»

«Forse la spiegazione riguarda quella scritta, che di solito compare sui crocifissi?» Con la sua torcia Giulia illuminò lo sigla incisa sulla pietra, *INRI*.

Monti le si avvicinò. «Una cosa per volta» disse, sollevandola da terra. Giulia capì cosa aveva intenzione di fare.

«Pensa di essere al mare e di farlo nell'acqua, è la stessa cosa» le disse Monti. Giulia prima si sedette sulle sue spalle, poi si puntò con i piedi e riuscì ad alzarsi. Concentrata in quell'equilibrio precario si avvicinò alla bocca del pentolone. Si appoggiò alla pietra e si fece passare da Alan la torcia, con la quale illuminò l'interno dell'atanor.

«Cosa vedi?» le chiese Monti.

Giulia attese qualche secondo, voleva essere sicura.

«Niente.»

Monti la aiutò a tornare a terra.

«Dobbiamo capire cosa c'entra quell'invocazione con tutto questo» disse Giulia. «Sono sicura che quella scritta è la chiave di tutto. Della Morte e del Fuoco.»

Alan socchiuse gli occhi di fronte alla scritta *INRI*.

La sfiorò.

«Il fuoco» disse. «Ma certo, *INRI* ha un altro significato in alchimia, un significato forse più antico di quello cristiano.»

«Ovvero?» chiesero Giulia e Monti.

«Ovvero, *Igne natura renovatur integra*.»

«Cosa vuol dire?» chiese Monti.

«Vuol dire che la natura è rigenerata interamente dal fuoco» rispose Alan. «Una sorta di formula magica che in un certo senso riguarda anche la Fenice, che risorge dalle proprie ceneri. E le antiche credenze che davano al fuoco un valore purificatore.» Alan era in un crescendo di emozione. «Antiche credenze, come Horus, come il culto del dio Sole, provenienti dall'area del Mediterraneo.»

«Di cosa parli, Alan?» disse Giulia.

«La nascita del dio Sole era festeggiata il 25 dicembre, come Horus, come Mitra, come Cristo. La formula magica del fuoco che rigenera la natura era di buon auspicio. Superstizioni. Ed è rimasta, ma con un significato apparentemente diverso, sul crocifisso, un culto successivo. Rinnovato. Un culto si sostituisce all'altro. L'altro rimane nascosto sotto le sue ceneri in attesa di risorgere. Le ceneri.» Alan sembrava recitare un mantra. «L'atanor era usato per l'opera finale, la trasformazione dei metalli.» Estrasse dalla borsa il cacciavite che aveva preso dall'appartamento di Umberto. E con esso colpì violentemente l'atanor.

«Lo sapevo, non è pietra.» Indicò il punto in cui aveva tracciato un piccolo solco con il cacciavite. «Il pentolone è di piombo, questa in superficie è una patina che sembra pietra, ma in realtà è polvere che è stata compattata.»

Giulia e Monti, increduli, passarono le dita sul punto in cui Alan aveva scalfito la patina con il cacciavite. Sembrava gesso.

«Cosa significa?» gli chiese Giulia.

«Che dobbiamo accendere un fuoco.»

49

«Va bene, basta così.» L'urlo di Margherita attraversò la navata centrale, si incanalò in quelle laterali fino a turbinare nelle cappelle ed esplodere di nuovo nell'abside. Il finto vigilante osservò la piccola pistola lanciata a terra dalla donna. Il rumore del metallo che correva sul pavimento di marmo. In un secondo fu sopra l'arma e la raccolse.

Umberto si rivolse a Margherita.

«Perché lo hai fatto?» le chiese.

Margherita non riuscì a trattenere ancora le lacrime.

«Non potevo perderti.» La sua voce era poco più di un affettuoso sussurro. «Posso rimanere immobile, ogni volta ad aspettare che torni, ma non puoi chiedermi di perderti per sempre.»

Umberto si liberò della presa di Mornari e la raggiunse.

La strinse a sé.

«Sono davvero commosso.» La voce di Mornari alle sue spalle.

Stava stringendo un fazzoletto alla caviglia ferita. Il suo respiro era affannato. Un ghigno malvagio si era aperto sul volto del suo uomo, che sembrava pregustare la reazione del padrone. L'odore della cordite, generato dagli spari, aveva violentato il consueto profumo dell'incenso che aleggiava in quel luogo consacrato.

Zoppicando, Mornari si avvicinò a Umberto.

«Ora capirai come comportarti, professore».

Lo colpì al volto con il calcio di un'altra pistola.

Umberto cadde a terra.

I suoi capelli si sporcarono di sangue.

Margherita si portò una mano alla bocca per impedirsi di urlare.

«Mi avete costretto a rinunciare alla mia educazione» disse Mornari, la cui voce adesso sembrava un rantolo malvagio. «I vostri amici adesso dovranno fare ancora più in fretta. E non ci sono dubbi che in queste condizioni non potrò occuparmi di tutti voi.»

Umberto si mosse.

Era ancora stordito e non riuscì ad alzarsi. Strisciò fino a una colonna per appoggiarvi la schiena.

«Lei è soltanto un pazzo Mornari» gli disse, in un sussurro. «Più avanti si spingerà, più difficile sarà per lei uscire da questa situazione. Se si lascerà dietro delle vittime, neppure il Vaticano si sporcherà le mani per difenderla.»

«Lei continua a dimostrare la sua approssimativa conoscenza degli argomenti di cui ama riempirsi la bocca.» Il volto di Mornari contratto in una smorfia di dolore. «È soltanto uno sciocco che si rende conto di trovarsi di fronte alla verità, per la prima volta nella sua insipida vita di intellettuale radicale. Lei era destinato a soccombere nel dolore già dal giorno in cui la sua ambizione le ha fatto rinunciare al Cristo.» Prese fiato e poi esplose di nuovo. «Ci sono cose che lei non può fermare!»

Umberto sentì i muscoli rilassarsi. Il dolore al braccio e alla gamba cominciava a diventare torpore. Il suo corpo si stava arrendendo.

50

«Così dovrebbe funzionare.» Alan aveva disposto all'interno della cavità sotto l'atanor tabacco per pipa, fazzoletti di carta, fogli di carta e l'intera rivista del Grande Oriente d'Italia che aveva ancora nello zaino. Quanto bastava per bruciare un po' riscaldando la superficie dell'atanor e fare in modo che il materiale pressato sopra il piombo reagisse al calore. Cosa sarebbe accaduto nessuno di loro poteva saperlo. Estrasse dalla tasca della giacca un pacchetto di fiammiferi.

«Ti regalerò un accendino» gli disse Giulia, che osservava con attenzione ogni sua mossa.

«Il gas e la benzina rovinano il sapore del tabacco.»

Alan si chinò, accese un fiammifero e lo avvicinò alle pagine della rivista scaricata da internet.

La debole fiamma si propagò velocemente e tutto il materiale disposto sotto l'atanor prese fuoco. In poco tempo l'odore del tabacco dolce che Alan aveva sistemato tra i fogli di carta avvolse la stanza.

«Un buon odore, che roba è?» Giulia teneva gli occhi piantati sull'atanor.

«Una miscela confezionata da un mastro veneziano.» Alan osservava la superficie del pentolone alchemico. «Mi chiedo che cosa dobbiamo aspettarci.»

Il fuoco riscaldò il piombo.

E dalla polvere pressata sopra l'ossatura dell'atanor cominciò a sollevarsi una traccia di vapore.

«Sta reagendo al calore» disse Monti.

«Il fuoco rigenera la natura» sussurrò Alan.

Il vapore si fece lentamente più diffuso.

Una nebbiolina stava cospargendo l'intero pentolone, facendosi più densa ad ogni secondo che passava. Ma l'aria stava diventando pesante e il respiro di quella sostanza bruciava nei polmoni.

«Cosa sta succedendo?»

La voce di Giulia era appena percettibile, i suoi occhi spalancati di fronte a quella reazione alchemica, preparata da chissà quanto tempo da qualcuno che non avrebbero mai saputo chi fosse. La nebbia si fece densa. E assunse un colore verdastro.

In più parti dell'atanor era ormai visibile lo scheletro di piombo riscaldato dal fuoco. La nebbia sembrò concentrarsi in un'unica massa vaporosa che galleggiava nel vuoto.

E lentamente cominciò a salire verso il soffitto.

Una massa emerse dalla bocca dell'atanor assumendo la dimensione quasi solida di una sfera e si avvicinò al soffitto.

Toccando la pietra cominciò a perdere la sua forma, diffondendosi in orizzontale fino a formare una figura rettangolare, che poco a poco si fece sempre più densa, alimentata ancora dal fumo che continuava a provenire dall'atanor. Poi la nebbia sembrò come risucchiata dalla pietra sopra di loro, che nel perimetro di quel rettangolo cominciò lentamente a cambiare colore.

«Anche il soffitto è cosparso di qualcosa» disse Giulia.

«Un qualcosa che sta reagendo con la sostanza liberata dal calore.» Alan osservava il disegno che stava prendendo forma sopra quella che sembrava una lastra di piombo incastrata nella pietra.

Era il disegno della Saggezza, la stessa donna ritratta alla fine del percorso sul tabellone di gioco. La stessa della tarsia del Duomo. La Saggezza, che sembrava porgere, a chi in quel momento si trovava sotto di lei, la stessa palma che nella tarsia stava porgendo a Socrate, alla fine del sentiero.

«È meraviglioso» riuscì appena a sussurrare Alan.

Lungo il perimetro del rettangolo comparvero le fughe di quella che si rivelò una botola che la sostanza sciolta dalla nube di vapore aveva tenuto nascosta, mimetizzandola con il soffitto di pietra.

Al centro della lastra, proprio sotto la palma, comparvero due fori, con le stesse lavorazioni che rappresentavano la Terra e il Fuoco che avevano già visto nella porta oltre il labirinto.

«È questa la porta giusta.» Giulia aveva riattivato la telecamera.

«Mai vista una cosa del genere» disse Monti.

«Credo che l'abbiano vista in pochi» disse Alan.

Giulia estrasse le ultime due chiavi e gliele porse. Alan le infilò nei due buchi. Si voltò verso di lei, che gli sorrise, poi annuì. Alan si voltò verso Monti, che aveva appoggiato la mano sul calcio della pistola. Dopo che anche lui ebbe annuito, Alan girò le chiavi.

Un rumore simile a quello udito al momento di scoprire il pozzo sotto la tarsia del pavimento del Duomo si diffuse nella stanza. La lastra di piombo sembrò come sbloccata, scendendo appena dalla sezione di soffitto nella quale era incastrata.

«Attenzione» disse Monti facendocisi sotto. «Credo sia molto pesante.»

Insieme ad Alan la afferrarono e iniziarono a tirarla giù.

«È leggerissima» disse Alan.

«Non è piombo?» chiese Giulia, che continuava a riprendere.

«Non sembra.»

La lastra con la Saggezza era lo sportello di una botola. Facendo perno su uno dei lati piccoli si aprì rivelando una scala di legno che scese verso il pavimento della stanza dove si trovavano.

Sopra di loro, il buio.

Alan strinse la torcia nella mano e salì sul primo gradino.

51

Si ritrovarono all'interno di un'altra stanza. Al centro della quale si ergeva un'enorme statua alta almeno quattro metri che raffigurava un imponente uomo barbuto, avvolto da una lunga veste. Nella mano destra aveva un bastone, che ricordava quello ritrovato nella cripta da Umberto e quello che Aringhieri teneva in mano nella tarsia del Monte della Saggezza.

«Questa poi...» sussurrò Monti.

«Ermete Trismegisto?» chiese Giulia.

«Direi proprio di sì» disse Alan.

Monti si guardò attorno illuminando i confini della stanza con la torcia. Non c'era altro.

Giulia si avvicinò al monumento riprendendolo con la videocamera.

Con il flash percorse tutta la superficie della statua di pietra.

«C'è qualcosa» disse. «Là, in basso.»

Alan si avvicinò e scorse un piccolo foro nel piedistallo sul quale poggiavano i piedi della gigantesca figura.

Una fessura simile a quella che avevano trovato sulle serrature di ferro che custodivano le chiavi degli elementi.

«La chiave.»

Giulia gli porse di nuovo la chiave della Quintessenza, la prima che avevano trovato.

Monti si avvicinò.

Quando Alan girò la chiave, si aprì una nicchia, nella quale era custodito un grosso involucro di pelle.

Alan lo estrasse.

Era molto pesante.

Cominciò a srotolarlo, togliendo bende e fasciature di lino ingiallite.

L'imbottitura sembrava concepita per preservare qualcosa dall'umidità, dalla polvere e dai secoli.

Al termine delle operazioni, Alan vide spuntare da una benda la costola di un libro, rilegato in cuoio.

Giulia riprendeva ogni operazione, puntando il flash della videocamera in modo da garantire più luce possibile.

Monti era alle spalle di Alan. Aveva preso la sua torcia, con la quale illuminava il piano di lavoro, mentre con l'altra continuava a setacciare il buio che li circondava.

Dall'involucro, Alan estrasse un libro.

La fattura rimandava all'epoca rinascimentale. Alan lo aprì e lesse le parole riportate sulla prima pagina, ingiallita e contaminata dalla muffa, che adesso aveva di fronte ai suoi occhi.

De Arcana Sapientia

Alan riconobbe la firma riportata sotto il titolo, abbellita di fregi e movimenti.

Marsilio Ficino.

«È la sua edizione del *Codice della Fenice*, commentata, tradotta e rilegata a Firenze alla fine del Quattrocento.»

Con estrema delicatezza sollevò un'altra pagina.

Un disegno.

«Lo zodiaco…» disse Giulia.

Il sole era il centro del cosmo. Attorno a lui si muovevano le dodici costellazioni conosciute dagli antichi. L'intero disco era attraversato da una linea orizzontale e da una linea verticale che ne toccavano il perimetro in quattro punti: i due equinozi sull'asse verticale e i due solstizi su quello orizzontale.

«Non lo vedi?» disse Alan, ormai completamente rapito da quello che aveva di fronte. «È una croce celtica, la prima croce comparsa, il cui significato è molto antico. È questo che rappresenta, in origine. Il ciclo del tempo e delle stelle.»

Sfogliò altre pagine, con movimenti molto attenti a non danneggiarle.

«Sentite qui, è un'invocazione riportata in greco. Provo a tradurla». E seguendo le parole con le dita recitò: «*Padre Nostro che risplendi nel cielo, sia grande il tuo vigore e avvenga il tuo corso, poiché come ciò che è in cielo così sarà anche in terra*».

«Ma è il *Padre nostro*» disse Giulia.

«Nella sua forma originale» disse Alan. «Era un'invocazione rivolta al Sole, capisci? Senti qui, Ficino spiega l'origine del testo che ha tradotto e dice che…»

Si bloccò.

Le sue dita si fermarono su una parola.

«Sator, il seminatore» lesse. Provò a voltare la pagina, ma era incollata dall'umidità. «L'antico culto del Sole è il senso del quadrato magico. Tutto torna. I due *PATERNOSTER* che si incrociano lasciando fuori l'alfa e l'omega. Capisci? Il Sole, Giulia, il padre della vita, rappresentato in quell'anagramma che si compone in un croce con due bracci uguali, una croce greca, che indica il suo ciclo, affinché ciò che è in alto, l'Alfa, sia come ciò che è in basso, l'Omega. Ciò che è in cielo così in terra. Ricordi il Sator? Il seminatore, l'Opera, le ruote, Colui che ruota. Persino il quadrato magico è un'invocazione che viene da qui. Ficino deve spiegarlo nella prossima pagina che adesso non riesco ad aprire.»

«È davvero il caso di provarci qui?» chiese Monti.

«No, hai ragione» si arrese Alan. «Il libro ha bisogno di essere trattato e messo al sicuro.»

«Riesci a sistemarlo nello zaino?» chiese Giulia.

«Certo.»

Alan Raccolse il manoscritto di Ficino e lo riavvolse prima in quel complicato sistema di fasce e bendature, poi nel cuoio. Svuotò il suo zaino e riversò il contenuto in quello di Giulia. Poi infilò il pesante involto nel suo.

Quando tornarono nella stanza dell'atanor Alan indugiò sull'altra porta, quella che si apriva oltre il disegno del labirinto.

«Alan?» lo richiamò Giulia.

«Mi chiedevo solo se…»

«Dobbiamo andare.»

Ripercorsero a ritroso la strada che li aveva portati lì.

Sembrò più breve, rispetto all'andata.

Arrivati alle scale che li avrebbero riportati all'interno del Duomo, Alan si affrettò a salire.

Scorse una sagoma che dalla superficie si stava affacciando verso di loro.

«Non ci crederai» disse.

Ma presto si accorse che non era Umberto.

52

Nel piccolo display, Umberto e Margherita apparvero spaventati. Umberto era ferito alla testa.

L'uomo che Alan aveva incontrato mentre risaliva la scala gli aveva consegnato un piccolo display e gli aveva ordinato di tornare indietro, puntandogli contro una pistola.

«Stiamo bene, non preoccupatevi» disse Umberto, prima di venire zittito da una botta al volto. Subito dopo udirono una voce.

«Consegnatemi quello che avete trovato e per i vostri amici non ci saranno altri problemi.»

Giulia la riconobbe. Quell'uomo le aveva parlato, seduto alle sue spalle, spiegandole che suo padre era nelle sue mani.

«Mornari» sussurrò Alan.

«Non possiamo fare altro, consegnategli tutto» disse Monti.

«Hai una pistola» suggerì Alan.

«E cosa vorresti farci da quaggiù?» disse Giulia. «Alan, dobbiamo fare come dicono.»

«Ti assicuro che non finisce qui» disse Monti.

«Consegnate il libro e le chiavi al signor Monti. Lo aspettiamo con impazienza» disse ancora la voce.

Alan mise le chiavi nello zaino, insieme al libro, e lo consegnò a Monti.

«Ci vediamo tra poco, cercate di stare tranquilli» disse la guardia del corpo, salendo il primo gradino.

«Non fate stupidaggini e nessuno si farà del male» ripeté ancora una volta la voce che proveniva dal display.

Alan e Giulia attesero.

Quando Monti uscì dalla botola, si voltò subito verso Margherita.

«Tutto bene?»

«Non ti ho detto di parlare» disse Mornari, facendosi consegnare lo zaino.

Umberto e Margherita lo osservavano in silenzio. Sconfitti.

«Bene, bene, bene» sussurrò. «A quanto pare c'è tutto quello che ci serve, professore. Finalmente avete capito qual è l'atteggiamento giusto. Adesso, da bravo, mi dia una mano.»

«Cosa succede?» disse Giulia.

Il rumore della pietra che scorreva.

Lo avevano già sentito, quando la tarsia si era aperta.

Alan era immobile, con lo sguardo rivolto verso l'alto.

«Sarebbe stato più semplice sparargli, lo so» disse Mornari, avvicinandosi alla botola con il pacco dei candelotti. Mentre il suo uomo puntava la pistola alla testa di Margherita, si era fatto consegnare da Umberto le chiavi per richiudere il pavimento. E aveva preteso che lo aiutasse, sotto la costante minaccia di un'altra pistola. «Ma vede, se le cose andassero male, un domani qualcuno ritroverà i loro corpi e di questi accorgimenti non sarà rimasto niente. I vostri amici saranno soltanto due sciocchi che hanno trovato la morte giocando a fare gli esploratori.»

Mornari si chinò sul buco, ormai quasi richiuso, e vi lasciò cadere dentro i candelotti di gas.

Umberto si lanciò di nuovo a terra e con il corpo trafitto dal dolore urlò: «Scappate!»

La voce di Umberto risuonò nel buio poco prima che Alan e Giulia vedessero arrivare dall'alto quegli strani tubi e avvertissero un odore come di mandorle.

«Non respirare» disse Alan. «E corri.»

53

Quello strano odore di mandorle iniziava a saturare l'aria.

«Sembra un gas» disse Giulia.

«Dobbiamo raggiungere la Locanda.»

Correvano con le torce in mano. L'affanno li costringeva a respirare a pieni polmoni, che ormai bruciavano a causa della sostanza che quei candelotti continuavano a diffondere, nonostante li avessero ormai distanziati.

La tarsia si richiuse, lasciando uscire dal buco soltanto un soffio di denso fumo giallastro.

«Quanta aria avranno lì sotto?» chiese Margherita, rivolgendosi a Monti.

«Non molta.»

Mornari stava rimettendo insieme le sue cose, per non lasciare traccia all'interno del Duomo. Il suo uomo li teneva sotto tiro.

«Potresti quantificarmi il tempo che hanno?»

Monti comprese a cosa si stava riferendo Margherita. Ma non voleva fare mosse azzardate. Avevano ancora una carta da giocare.

Ed era l'ultima.

«Entro un'ora i vostri amici saranno un ricordo» disse l'uomo armato.

«Che ora abbiamo?» chiese Margherita.

«Un ultimo disperato tentativo» disse l'uomo armato, sogghignando. Aveva capito. «Non posso certo distrarmi quanto basta per consentire alla sua guardia del corpo di saltarmi addosso, signora Orsini, proprio adesso che il mio principale è impegnato. Non siete ancora stanchi di questi giochetti? Sia così gentile, caro signor Monti, ci dica lei che ore sono.»

Monti guardò Margherita. Controllò l'orologio premendo il pulsante che illuminava il quadro. «A mezzanotte moriranno per asfissia» concluse.

«La ringrazio, signor Monti» gli disse Margherita. Cercò la mano di Umberto e la strinse. Il professore la guardò disorientato.

Lei gli sorrise.

Giulia cadde. Ormai era tramortita dal gas. Alan la sollevò.

Dopo pochi passi vide la Locanda.

Una volta all'interno dell'ascensore, si portò sulle due impugnature e le mosse nell'unico punto in cui sapeva che ci sarebbe stata un'uscita.

Dovette fare da solo lo sforzo che aveva compiuto prima con Monti.

I polmoni era saturi di quella sostanza gassosa.

Se avesse perso i sensi nel compiere quell'ultimo sforzo, per lui e per Giulia non ci sarebbe più stata alcuna possibilità di salvezza.

«Dannato arnese vuoi muoverti!» urlò, stremato.

La stanza si mosse.

Dopo un primo sforzo fu più semplice.

Riuscì a portare di nuovo quel pesante ascensore nella stanza dell'atanor. Ora l'aria era più leggera. Il pericolo del gas, almeno per il momento, era stato arginato.

«Respira, ci siamo.» Alan la distese a terra. Giulia sembrava sul punto di soffocare. «E va bene, come accidenti si fa... mi senti? Proverò a introdurti aria dalla bocca. Mi senti, Giulia?»

Le sue labbra si mossero. Alan si avvicinò alla bocca e sentì appena un sussurro.

«Non sono un canotto.» Un accenno di sorriso le si disegnò sulle labbra. Lentamente aprì gli occhi. Erano ancora rossi e gonfi.

«Respira profondamente, devi toglierti tutto il gas da dentro» le disse. «E cerca di non addormentarti.»

La aiutò a mettersi seduta, con la schiena appoggiata alla parete di pietra. «Ti stavi facendo troppi problemi, professore. Avevi paura che ti dessi un ceffone perché provavi a baciarmi?»

«Dopo l'ultima volta che mi hai offerto da bere mi aspetto di tutto.»

«Cosa ci facciamo qui?»

«Era l'unico posto al sicuro dal gas. E l'ultima strada ancora da tentare.»

Giulia tossì, lasciando uscire dai polmoni gli ultimi residui del gas. Alan le appoggiò una mano sulla fronte, il sudore era freddo.

«Non vedo nessuna strada, professore.»

«La porta oltre il disegno del labirinto.»

Alan si alzò per avvicinarsi alla porta.

«Credo sia la casa della Morte, l'unica del gioco che non abbiamo trovato.»

«Poco invitante, non trovi? E poi, tanto, quel bastardo ci ha preso anche le chiavi.»

«Non ce le ha prese.»

Giulia riuscì a rialzarsi in piedi, appoggiandosi alla parete.

«Cosa vorresti dire?»

Alan si voltò verso di lei. Aveva in mano due chiavi.

«Le ultime due le abbiamo trovate qua dentro, ho sperato che Mornari non ne sapesse niente e così le ho tenute.»

«Sei un grande, professor Maier.»

Uscirono dal Duomo. La piazza era deserta, fatta eccezione per un piccolo gruppo di studenti seduti sulla scalinata laterale. L'acciottolio delle bottiglie di vetro lasciò intuire in cosa fossero occupati. A pochi metri da loro c'era la Questura.

«Passeremo di qua, e vi invito a non fare stupidaggini» disse Mornari, mentre zoppicando guidava il gruppo. Umberto riusciva a malapena a tenersi in piedi, mentre Monti spingeva la sedia di Margherita. L'altro uomo camminava dietro di loro, tenendo tutti sotto tiro con le due pistole sistemate nelle tasche del giacchetto da vigilante.

Passato qualche vicolo raggiunsero l'auto che Mornari aveva preparato per la fuga. Un'Alfa Romeo blu, con targa dello Stato Pontificio.

«Che ne dite? Ce ne andremo via *diplomaticamente*» disse invitando gli altri a prendere posto all'interno. Monti sollevò

Margherita e la depose con dolcezza sul sedile posteriore. Poi piegò la sedia a rotelle e la chiuse nel portabagagli, seguendo le istruzioni di Mornari. Umberto le si sedette accanto.

«Guida tu.» Mornari invitò Monti a mettersi al volante e si sedette al posto del passeggero, mentre il suo uomo si mise sul sedile posteriore, tenendo tutti sotto tiro. «Mi avete complicato la vita, ma se non farete storie e mi darete una mano ad andarmene da qui avrete sempre la possibilità di inventarvi qualcosa per salvare i vostri amici, d'accordo?»

Fece cenno a Monti di partire.

Si avvicinarono alla porta, osservando i simboli alchemici della Terra e del Fuoco riportati accanto alle due serrature.

«Immagino che quando nel gioco qualcuno capita nella casa delle Morte non succede niente di buono» disse Giulia.

«Ci sono varie versioni, anche in questo caso.» Alan fece un respiro profondo. «A volte le regole dicono che chi capita in quella casa muore ed esce dal gioco, altre rinviano il giocatore alla casa iniziale. Ma come abbiamo avuto modo di vedere finora, non sempre il nostro gioco risponde alle regole classiche.»

«E se fosse una trappola? Messa qui per chi non avesse avuto la brillante idea di accendere il pentolone? Non sarebbe meglio sperare che qualcuno venga a tirarci fuori?»

Giulia non aveva ancora finito di parlare che entrambi percepirono un vago sentore di mandorle nell'aria.

«Come è possibile?»

«Ho sentito cadere molti candelotti e qui è tutto chiuso. Me lo aspettavo.»

«Non ci resta molto altro allora.»

«No. Direi proprio di no.»

54

«Il vostro è un errore di prospettiva, professore. Comprensibile, ma pur sempre un errore.» Mornari si toccò la gamba ferita. «In una prospettiva di breve periodo, la vostra scoperta avrebbe fatto clamore. Ma nel lungo periodo le conseguenze di tutto questo avrebbero avuto effetti nefasti sul nostro amato Occidente.»

«Lei insiste a cercare giustificazioni, ma sa di essere soltanto un volgare ladro» gli disse Umberto.

«Non ho ancora capito quale perdita la addolori di più, Ardenti, tra il manoscritto o la possibilità di godersi un'immeritata celebrità. Io non cerco niente per me.»

«A parte i soldi, quanto le hanno dato?»

«Soldi? Mio caro, crede davvero che uno come me faccia tutto questo per soldi? Lei non ha idea di come stiano le cose.»

«Dove ha intenzione di lasciarci?» chiese Margherita.

«Cerchi di non rovinarsi la sorpresa.» Mornari controllò l'orologio.

L'aria si stava saturando di gas.

Di fronte a loro la porta che li avrebbe condotti alla casa della Morte era l'unica via rimasta.

«Non abbiamo molto tempo.» Giulia infilò la prima chiave nella serratura e porse l'altra ad Alan. «Facciamo una per uno, che ne dici?»

«Hai qualcosa da aggiungere?» le chiese Alan.

«Buona fortuna.»

Girarono le chiavi.

Un rumore metallico.

Stavano fissando la porta aspettando che si aprisse. Ma il rumore non proveniva da là dietro.

Sotto i loro piedi.

La lastra del labirinto.

All'improvviso si aprì come una botola, facendo perno sul lato alle loro spalle e trasformandosi in uno scivolo. Giulia si afferrò ad Alan. In un attimo caddero nel vuoto.

Le loro grida risuonarono in una tenebra profonda. Si strinsero l'uno all'altra, prigionieri di un nulla che sembrava avvolgerli nel suo ventre.

Poi l'impatto. Morbido. Umido.

Quando riemersero, Alan vide la luce della botola riflettersi sull'acqua nera nella quale erano immersi.

Giulia era paralizzata dal terrore.

55

Margherita continuava a guardare fuori dal finestrino, mentre l'auto blu dello Stato Pontificio percorreva la strada attorno alle mura della città.

Monti era teso. Continuava a guardarsi attorno. Guidava con disinvoltura, scendendo da Camollia verso Porta Ovile e quindi verso Pispini, seguendo le istruzioni di Mornari.

La strada, che lo aveva impegnato in una serie di curve strette, finalmente tornò in piano, costeggiando una zona commerciale.

L'intenzione di Mornari era evidentemente quella di raggiungere l'autostrada per Roma.

Ma la prima auto della Polizia irruppe sulla carreggiata.

Per evitarla, Monti fu costretto a sterzare.

«Cosa sta succedendo?» urlò Mornari.

La seconda auto della Polizia comparve alle loro spalle. Sembrava uscita dal nulla.

Il respiro di Mornari si fece affannato.

Umberto era aggrappato allo sportello cercando di proteggere Margherita con il proprio corpo, attutendo gli urti della manovra.

L'uomo di Mornari teneva le pistole tese, muovendo la testa a destra e a sinistra come in preda a uno spasmo.

Umberto si voltò verso Margherita.

«Ma come...»

Margherita non aveva avuto tempo per informare Umberto che l'orologio di Monti era dotato di un localizzatore gps collegato con la Questura che Monti aveva attivato quando Margherita, all'interno del Duomo, aveva chiesto di quantificare quanto tempo sarebbe rimasto ai loro amici.

Con la pistola che gli premeva contro la nuca, Monti cercò di evitare le auto che lui stesso aveva chiamato.

«Non so come abbiate fatto, ma se ci prendono, lei sarà il primo» gli disse Mornari.

Umberto lo vide cercare qualcosa nel cruscotto ed estrarre una piccola tanica di benzina di quelle utilizzate per ricaricare gli accendini.

«Che cosa ha intenzione di fare?»

L'uomo di Mornari teneva l'altra pistola premuta contro il fianco di Margherita. Affondò la canna di piombo e Margherita non riuscì a trattenere una smorfia di dolore.

«Stia calmo, professore.» Mornari aveva estratto il libro dall'involto di cuoio e lo stava cospargendo con la benzina. «Non vorrà sacrificare tutti all'altare della sua ambizione.»

«Le hanno detto di distruggerlo se non fosse riuscito a portarglielo?»

«Vedo che capisce, alla fine.»

«Ma lei non può farlo! Mi dica chi sono!»

La terza auto della Polizia spuntò fuori in un attimo a tagliare la strada. La manovra per evitarla costrinse Monti a una sterzata troppo brusca. L'Alfa si ribaltò su sé stessa e finì fuori strada.

Una successione di colpi.

Quando Umberto aprì gli occhi si girò verso Margherita.

«Sto bene» gli disse lei.

Lo sportello del passeggero, però, era aperto. Mornari era riuscito a strisciare fuori con il libro in mano.

«Salva il tuo libro, cosa aspetti» disse Margherita.

Umberto provò ad aprire lo sportello, ma era bloccato.

Mornari lo guardò.

Sorrise.

Accese l'accendino.

Umberto lesse sulle sua labbra.

«*Ecce Gladius Domini Super Terram.*»

E appiccò le fiamme.

56

«Fermati, Giulia! Vuoi calmarti?»

La voce di Alan risuonò all'interno dell'antro. Giulia era in preda al terrore e si stava agitando nell'acqua.

Alan si guardava intorno, aiutato dalla luce che proveniva dalla botola che si era aperta sotto i loro piedi.

Le torce erano rimaste là sopra.

Il cono di luce illuminava il luogo in cui si trovavano adesso. Sembrava un fiume sotterraneo, mosso da una forte corrente.

Provò a puntare i piedi a terra ma li sentì scivolare sulla pietra liscia, levigata dall'acqua. Non riusciva a fare forza, dovendo tenere Giulia.

La corrente si fece più forte. Li stava trascinando verso un buco nella parete di roccia, in cui l'acqua sembrava tuffarsi. Solo allora si accorse del rumore, il forte gorgoglio del corso d'acqua che si gettava nel vuoto.

Alan riuscì ad avvicinarsi alla sponda, quando ormai erano a pochi metri dal buco.

«Aggrappati Giulia, non ce la faccio!»

La voce era quasi coperta dal rumore dell'acqua.

Giulia stava combattendo contro la forma di panico più pura. Con uno sforzo di cui non si credeva capace riuscì ad afferrare la sponda. Si concentrò per convincersi a riaprire gli occhi. Riuscì a guardarsi intorno.

Alan era scomparso.

«Alan!» I suoi occhi si lasciarono trasportare dalla corrente verso il buco, dal quale l'acqua veniva ingoiata.

«Alan!»

Sentiva i muscoli indolenziti dallo sforzo e dalla paura.

Con i piedi che scivolavano sulla roccia, l'acqua all'altezza del collo, il terrore che ancora le scavava il cervello, riuscì con un ultimo sforzo a tirarsi su e uscire.

Stremata, si abbandonò a terra.

«Alan!» urlò di nuovo, certa però che ormai Alan non avrebbe potuto sentirla.

E fu in quel momento, invece, che lo vide riemergere.

«Da questa parte!»

Alan riuscì a raggiungere la sponda. Giulia gli tese il braccio. Lui afferrò la sua mano. Con un ultimo sforzo si tirò fuori dall'acqua.

E si abbracciarono.

«Credevo di averti perso» gli disse Giulia.

«Per un attimo l'ho pensato anch'io.»

Si guardarono intorno.

Sulla parte opposta della cascata c'era un altro buco dal quale l'acqua entrava in quell'antro.

«È un fiume sotterraneo» disse Giulia.

«Queste pareti sono state scavate» disse Alan osservando la roccia. «Questo posto è opera dell'uomo come i bottini. Forse dello stesso Aringhieri.»

«Non avevano trovato la Diana e lui ne ha fatta costruire una...» disse Giulia.

«La degna conclusione del suo percorso iniziatico.»

Dalla botola arrivava ancora la luce delle torce che erano cadute loro di mano nel momento in cui il pavimento si era aperto sotto i loro piedi.

«Là c'è qualcosa.» Alan indicò un'apertura nella roccia.

«Hai detto che la Morte riportava il giocatore all'inizio del gioco.»

«Lo scopriremo presto.»

57

«Potremmo tentare di andare un po' più in fretta?» Margherita era sul sedile posteriore dell'auto di Darrigo, accanto a Umberto, che aveva recuperato i resti del libro di Ficino. I danni erano incalcolabili, ma un serio lavoro avrebbe potuto recuperarne una parte. «Le ricordo, ispettore, che dovremo probabilmente rimuovere una parte del pavimento del Duomo e che potrebbe volerci del tempo. Tempo che non abbiamo» insistette Margherita.

Un'auto della polizia aveva portato via Mornari. L'altra si era occupata del suo uomo.

La terza era sfrecciata verso Porta Pispini e da lì entrata nel centro della città, all'interno delle mura.

Ma quella che Darrigo aveva presentato come la «strada più diretta» si era in quel momento riempita di studenti che uscivano dai locali per fumare in strada.

«Forse passando da un'altra parte...» provò a suggerire Monti.

«E che minchia tra tutti, volete guidare voi che state più tranquilli?»

L'accento siciliano dell'ispettore capo esplose.

«Ha pensato piuttosto a come fare per aprire il pavimento del Duomo?» gli chiese Umberto.

«Ho chiamato un tizio con un martello pneumatico.»

«Cosa? Ma si rende conto che dobbiamo aprire una tarsia del Cinquecento?» ribatté Umberto.

«E con cosa l'apro sto pavimento, con lo spirito santo? Avete perso le chiavi, quegli altri si sono chiusi dentro, c'è il gas, manca l'aria, va a pensare a sta cosa del Cinquecento? Che poi magari è anche una copia che l'originale se lo tengono da un'altra parte.»

«Le chiavi le aveva Mornari, se avesse aspettato un minuto invece di farlo portare via adesso non saremmo...»

«Professore ne ho abbastanza di questa minchia di storia, chiaro?»

L'auto passò in mezzo a un gruppo di ragazzi. Due di loro erano in mezzo alla strada. Si erano accorti dell'auto della polizia, ma avevano deciso di non spostarsi.

Darrigo suonò con il clacson e con la sirena. I due giovani chiamarono altri ragazzi. Gli amici li raggiunsero.

«Ma cosa fanno?» chiese Margherita. «Ma scusi non può evitarli? Ma se fosse passato da un'altra...»

Darrigo estrasse la pistola e uscì dalla macchina.

«Levatevi di torno o vi massacro, stronzi!»

I ragazzi si sparpagliarono alla vista della pistola e del volto del poliziotto, con gli occhi schizzati fuori dalle orbite.

L'ispettore rimontò in macchina.

«Visto?» disse a Monti. «Con le buone si ottiene tutto.»

L'auto schizzò in uno stridio di pneumatici.

58

«Ma dove pensi che siamo finiti?»

La voce di Giulia era ormai rotta dal fiatone. Stavano camminando in salita all'interno di un'angusta galleria scavata nel tufo e avevano perso la cognizione del tempo. Alan aveva usato più volte la luce dell'orologio, ma l'acqua sembrava averlo danneggiato. Pochi fiammiferi erano ancora utilizzabili. Di tanto in tanto ne accendeva uno per vedere se cambiava la consistenza della pietra che avevano attorno.

Poi, dopo l'ennesima curva, non sentì più la parete.

Accendendo uno degli ultimi fiammiferi si rese conto che erano arrivati all'interno di una stanza. Di fronte a loro, una scala a pioli, incisi nella pietra, saliva infilandosi in un buco.

«Ancora scalini? Ma dove eravamo finiti?» chiese Giulia.

«Decisamente molto in basso.»

Alan iniziò a salire.

«Sapendo che era così alto potevamo organizzarci meglio» disse Giulia, alle spalle di Alan.

«Giusto, potevamo passare a comprare qualche corda.»

«Oppure potevi dimostrarti un po' più cavaliere e mandare avanti me.»

«Hai tutta questa voglia di chiacchierare?»

«Siamo nel buio più pesto da non so quanto, almeno facciamoci compagnia.»

«Non ti ho mandata avanti perché non sapevo cosa c'era.»

«Già, e adesso però se scivolo, precipito da sola fino al fondo di questo buco, mentre se stavo davanti tu avresti potuto impedirmi di sfracellarmi chissà dove.»

«Vuol dire che stavolta tocca a te salvare me se dovessi cadere.»

«Alan, senza offesa, ma la differenza è che se tu cadi, mi trascini dietro. Quindi io ho il doppio delle tue possibilità di finire a pezzi sul fondo di questo tubo di pietra.»

«Però se adesso mi trovassi faccia a faccia con un pipistrello, o con un topo, scommetto che cambieresti idea.»

«Potresti evitare di parlare di topi?»

«Potresti evitare di....» Alan si fermò.

«Di fare cosa Alan?»

«Ci siamo.»

«Hai trovato qualcosa?»

Alan stava passando la mano su una lastra di ferro, larga più o meno quanto il diametro del buco in cui si trovavano. Accese di nuovo un fiammifero e illuminò il ferro a pochi centimetri dalla sua testa.

«Siamo arrivati?» chiese Giulia.

«Si direbbe di sì, il fatto è che non ho la minima idea di cosa potrebbe esserci qui sopra. E di come aprire questa specie di sportello.»

«Guarda là.» Giulia indicò vicino ai suoi piedi, in basso.

C'era una leva di ferro. Passando nel buio non l'avevano notata, ma alla debole luce del fiammifero era visibile.

«Posso abbassarla con il piede, se credi» gli disse.

«Aspetta, cerchiamo un appiglio.»

Alan scese di qualche scalino, sovrapponendosi a Giulia.

«A quanto pare, ci risiamo» le disse quando furono uno sull'altra.

Giulia lo fissò negli occhi.

La fiamma aveva ormai consumato quasi tutta l'asticciola di legno del fiammifero.

«Ti capita mai di lasciarti un po' andare?» gli chiese lei, mentre la fiammella aveva quasi raggiunto le dita di Alan.

«Questo ti sembra il momento di lasciarsi andare?»

«Magari qua sopra non c'è niente.»

«Magari è così.»

«Sei pronto?»

«Buona fortuna» le disse soffiando sul fiammifero. E non appena furono piombati nel buio più totale, Giulia lo baciò mentre lui con il piede abbassò la leva.

Questa volta tutto avvenne in un attimo. Il portello di ferro si aprì ed entrambi furono aggrediti da una massa di terra che precipitò loro addosso.

«E così il concetto di Graal si *transforma* nel tempo, *assiumendo* connotati *diffrenti* a seconda delle *epòche*.»

L'uomo che stava parlando, con un marcato accento francese, era seduto a un tavolo, sul quale era appoggiata una lunga spada e un bruciatore di incenso. L'ambiente era illuminato soltanto da una serie di candele che correva lungo tutta la stanza. Il pubblico, circa venti persone, era sistemato sulle sedie accanto alla lunga vetrata che dava direttamente sull'area degli scavi del Santa Maria della Scala.

La pesante locandina appoggiata sul leggio ricordava agli ospiti che gli *Incontri di Mezzanotte* erano organizzati, all'interno del Santa Maria, in collaborazione dall'Associazione Archeosofica e dal Nuovo Ordine dei Poveri Cavalieri di Cristo con l'immancabile patrocinio comunale.

Due uomini che indossavano un mantello bianco con la croce rossa, simile a quello dei Templari, si trovavano in piedi accanto al tavolo del conferenziere, un cavaliere dell'Ordine invitato per parlare del Graal e delle varie forme assunte dall'oggetto dei desideri, che più di ogni altro aveva attraversato la storia di società segrete e presunte tali.

L'incontro era appena iniziato. Gli spettatori stavano seguendo i primi passaggi del ragionamento del loro ospite d'Oltralpe, che parlava lisciandosi una lunga barba bianca.

Il discorso, però, si interruppe non appena il cavaliere si accorse che uno degli spettatori aveva improvvisamente assunto un'espressione di meraviglia assoluta. Seguendo la traiettoria del suo sguardo, spostò i suoi occhi oltre la vetrata, nell'area di scavo. E si accorse che al centro di essa la terra aveva cominciato a muoversi.

Vedendo il loro ospite comportarsi in quel modo, gli altri spettatori si voltarono verso lo stesso punto, nell'area di scavo, e tutti notarono lo strano movimento della terra.

«Dio santo cos'è un terremoto?» disse uno di loro.

«No, sembra piuttosto... tipo un buco» gli rispose un altro.

Nella terra smossa si disegnò un cerchio, il cui diametro andò rapidamente allargandosi, formando un cratere. Alla fine, rimase una grossa buca, proprio nel centro dell'area di scavo.

«C'è qualcuno» disse una voce all'interno del gruppo.

«Sì è vero, guardate là» rispose un'altra persona indicando il movimento nell'area di scavo.

«Ma è un golem!» urlò una donna.

I due uomini con il mantello impugnarono la spada.

Proprio in quel momento una figura umanoide uscì dal buco. Era completamente ricoperta di terra.

La seguì una seconda.

«Siamo al Santa Maria» disse Alan aiutando Giulia a uscire.

«Allora siamo davvero tornati al punto di partenza.»

«E non dovremmo essere troppo distanti dall'area di scavo dove è stata trovata la cripta.»

La terra che era precipitata loro addosso si era appiccicata ai vestiti fradici. Giulia alzò gli occhi e indicò ad Alan il pubblico assiepato davanti alla vetrata che li stava osservando. Alan fu preso alla sprovvista. Non sapendo cosa fare, si inchinò leggermente, accennando un saluto. In ordine sparso, il suo gesto provocò un timido applauso, che crebbe con entusiasmo fino a diffondersi a tutti gli spettatori e al loro ospite francese, affascinati per quel colpo di scena offerto dall'organizzazione della serata, di cui però nessuno riusciva a cogliere il senso.

Darrigo inchiodò di fronte al Duomo, dove lo stavano aspettando due operai con un martello pneumatico appoggiato a un furgone.

Sulle scale della cattedrale stazionavano ancora gli stessi ragazzi che avevano visto uscire il gruppo guidato da Mornari poco prima. Uno di loro nascose dietro la schiena una strana sigaretta.

«Poi ne riparliamo» gli disse Darrigo chiudendo la portiera.

Monti scattò fuori dall'auto. Umberto lo seguì, zoppicante.

In quell'istante esatto cominciò a squillare un telefonino.

Darrigo li seguì, tastandosi la giacca per trovare il cellulare. Lo aprì in corsa mentre sistemava la pistola nella fondina e faceva cenno agli operai, che lo fissavano con sguardo attonito, di seguirlo con l'arnese da lavoro.

Monti e Umberto iniziarono a salire le scale, ma quando furono arrivati quasi in cima si accorsero che l'ispettore non era più accanto a loro.

Si voltarono.

Darrigo era fermo sul primo gradino con il cellulare in mano.

«Professore» disse. «È sua figlia.»

60

«Ovviamente.» L'uomo con il vestito grigio aveva dovuto assolvere a un compito complicato. Il telefono cellulare che stringeva in mano non era mai stato così caldo, né così pesante. «Non ci saranno problemi, il nostro uomo ha ricevuto precise informazioni e non è di certo nel suo interesse creare imbarazzo a nessuno.» «Certamente, non ci sarà alcuno strascico.» «Ho avuto assicurazione che il professor Ardenti...» «Certamente.» «Certamente.»

«Certamente.»

EPILOGO

DOVE TUTTO INIZIA

61

(Cinque mesi dopo)

La sala conferenze era affollata. Umberto e Alan erano seduti a fianco di un giornalista che aveva introdotto il loro libro, che troneggiava sul tavolo appoggiato su un piccolo leggio rivolto verso il pubblico.

Erano stati necessari cinque mesi di lavoro, giorno e notte, per scrivere *Il Codice della Fenice*. Un titolo un po' ruffiano, pensato dall'editore per stuzzicare la curiosità non solo del mondo accademico ma anche delle nutrite schiere di appassionati di enigmi storici e occultismo. Vi erano riportati tutti i passaggi del libro di Ficino che era stato possibile recuperare, grazie a un prezioso intervento di restauro su ciò che si era salvato dal rogo di Mornari. Non molto, purtroppo.

«La domanda alla quale vogliamo fornire una risposta è…» Umberto si prese tutto il tempo necessario a trasferire sulla successiva parte del discorso un carico di tensione che avrebbe tenuto il pubblico inchiodato alla poltroncina. «Per quale motivo tutte queste divinità, a partire da Horus, hanno in comune tutti questi aspetti?»

L'effetto ottenuto sul pubblico era quello sperato. Un silenzio denso di attesa si era diffuso per tutta la sala conferenze. Per Alan era come guardare un film già visto, leggere un thriller di cui un amico ti ha già raccontato il finale.

«La risposta è in quello che Marsilio Ficino chiama *Antica sapienza*, ma che dal latino *De Arcana Sapientia* possiamo tradurre anche come *Segreta sapienza*.» Proprio in quel momento, seguendo il copione, le luci in sala si abbassarono e si accese il videoproiettore.

Sullo schermo comparve il disegno che Alan aveva visto sulla prima pagina del manoscritto e aveva poi ricostruito. Non era stato difficile, era un disegno conosciuto. Era la raffigurazione dello Zodiaco, attraversato dalle linee degli equinozi e dei solstizi che incrociando il disco delle costellazioni formava la croce celtica.

«Il culto del Sole è il più antico. Al Sole è legato il concetto di bene, perché libera l'uomo dall'oscurità, fa crescere le piante e i frutti della natura, dissolve i demoni e le creature che popolano la notte, rende possibile l'agricoltura. È al Sole che i primi credenti si rivolgevano, ritenendolo un dio che dall'alto vegliava sulle loro vite. Dal culto del Sole ne sono nati molti altri, da Horus fino ai più recenti, che hanno mantenuto intatti e identici gli elementi centrali. Come dimostra anche il cristianesimo.» Dal disegno dello Zodiaco scomparvero tutti i dettagli e rimase sullo schermo soltanto la croce celtica. «Questo è uno dei primi segni del Padre di ogni cosa.» L'effetto durò pochi secondi, poi tornarono i vari dettagli. Alan ripensò alla preghiera che aveva letto nel manoscritto. L'aveva ricostruita, ma senza alcuna prova sarebbe stato del tutto inutile inserirla nel loro libro. Era perduta, per sempre.

Sul disegno scorreva il puntatore del mouse mosso da Umberto, che si fermò sul punto del solstizio d'inverno, sulla destra.

«Qui è la chiave di tutto» disse. «Nell'emisfero nord, al quale ci riferiamo, dal solstizio d'estate al solstizio d'inverno i giorni diventano più corti e più freddi. L'accorciarsi delle giornate e la fine dei raccolti simboleggiavano per gli antichi un processo di morte. In pratica è la morte del Sole, che si realizza completamente in quello che con il calendario Gregoriano introdotto nel 1582 è diventato il 22 dicembre, il giorno in cui il Sole, continuando a muoversi verso sud, raggiunge il punto più basso del cielo. Ma in questo esatto punto il Sole smette di muoversi verso sud, almeno per quanto fosse possibile percepire per gli antichi, e rimane fermo. Per tre giorni. Tre giorni durante i quali il Sole rimane in prossimità della Croce del Sud, ovvero la costellazione *Crux*. E dopo questo periodo, proprio il 25 dicembre, il Sole si muove di un grado, questa volta a nord. Da qui le giornate riprendono ad allungarsi, facendo presagire calore, luce e un senso di rinascita in generale.»

Umberto fermò le immagini.

«Per questo motivo è stato detto che il Sole nasce il 25 dicembre, muore sulla croce e alla fine risorge dopo tre giorni.» Un brusio di stupore accompagnò quelle ultime parole. Le immagini ripresero a scorrere.

«Tuttavia gli antichi celebravano la resurrezione del Sole all'equinozio di primavera, ovvero la Pasqua, quando cioè il Sole supera la forza maligna dell'oscurità poiché il giorno da quel momento diventa più lungo della notte.»

Il quadro sullo schermo cambiò, lasciando il posto a uno sfondo scuro, sul quale apparve una stella luminosa.

«Torniamo al 25 dicembre» proseguì Umberto. «Prendiamo in considerazione quanto di solito attribuito a Cristo. Ovvero il fatto che al momento della sua nascita tre saggi, guidati dalla Stella dell'Est, si siano recati sul luogo dell'evento. La Stella dell'Est è Sirio, la stella più luminosa del cielo. Questa stella il 24 dicembre si allinea con le tre stelle più brillanti della Cintura di Orione, che già in tempi antichi erano chiamate i Tre Saggi. Quindi, queste tre stelle si allineano insieme a Sirio con il punto esatto in cui poi sorge il Sole. Per questo motivo i Tre Saggi seguono la Stella dell'Est in modo da trovare il luogo della nascita del Sole.»

Umberto aveva conquistato il suo pubblico con l'abilità di un illusionista.

«Altro aspetto importante, per esempio, riguarda il luogo della nascita. Teniamo presente che oggi in molti nutrono enormi dubbi sul fatto che la città identificata in seguito come Betlemme esistesse davvero duemila anni fa. Molto probabilmente non è così. Anzi, siamo sicuri che si trattasse realmente di una città? *Bayt Lahem* letterariamente vuol dire *Casa del pane*, e altro non sarebbe che un riferimento astronomico alla costellazione della Vergine. A questa, infatti, in tempi antichi ci si riferiva come *Casa del pane* e veniva raffigurata con una donna che porta con sé un covone di grano, legato alla stagione della mietitura che avviene proprio nel periodo in cui il Sole *nasce* in quella costellazione. Nasce da una vergine»

Margherita era seduta in prima fila. La presentazione ufficiale del libro sarebbe stata l'ultimo atto di quella storia, in base al patto che aveva stretto con Umberto. Tutto era pronto per il loro viaggio che li avrebbe portati a festeggiare il Capodanno a Parigi, ovviamente dopo una ragionevole permanenza a Praga.

Alan sarebbe rimasto a rilasciare interviste e scrivere contributi. Margherita lo stava osservando. Qualcosa in lui sembrava non funzionare più. Negli ultimi tempi si era fatto silenzioso, distratto.

Sullo schermo comparve la figura di una donna con un covone di grano, iscritta nelle stelle della costellazione della Vergine.

«È importante soffermarsi sul fatto che in buona parte questi allineamenti non sono perfetti, al giorno d'oggi. Ma il codice della Fenice ci conferma che di fatto queste erano le conoscenze astronomiche che gli antichi possedevano e sulle quali hanno costruito la loro mitologia. Questo non corrisponde certo in tutto e per tutto a ciò che sappiamo oggi, ma è quanto sapevano allora.» Con un movimento del mouse cambiò di nuovo l'immagine sullo schermo tornando a quella iniziale, ovvero lo Zodiaco.

«Probabilmente, il più ovvio dei simbolismi astronomici ripresi dal cristianesimo è quello dei dodici discepoli. Come vediamo in questa immagine, dodici sono le costellazioni che accompagnano il Sole nel suo viaggio, ovvero i segni dello Zodiaco. In effetti il numero 12 è ripetuto varie volte nella Bibbia. Dodici sono le tribù e i re di Israele, i fratelli di Giuseppe, i giudici di Israele, i grandi patriarchi, gli anni di Gesù quando entra nel Tempio e tante altre cose. Tutto il testo ha a che fare con l'astronomia più di ogni altra cosa. E la Croce dello Zodiaco, che vediamo in questa immagine, rappresentava la vita del Sole molto prima di diventare un simbolo cristiano. Da qui possiamo comprendere per quale motivo, nell'arte sacra, anche Cristo veniva raffigurato con la testa iscritta in una croce, in quanto egli è il Sole, la Luce del Mondo, il Salvatore risorto.»

«Questo è inammissibile.» La voce si alzò dal pubblico, riscuotendo gli astanti ancora assorti in quel viaggio astrale.

Anche Alan si riprese, rivolgendosi incuriosito alla fila verso la quale tutti stavano voltando lo sguardo.

«E queste vostre macchinazioni le chiamereste prove?» A parlare, in sala, era un uomo sulla cinquantina, piuttosto grasso e con due enormi baffi bianchi alla prussiana. «Siete dei mistificatori. Il cristianesimo sarebbe una religione scopiazzata da un antico culto del Sole? Ficino vi fulminerebbe per il modo infame in cui state usando il suo nome per farvi pubblicità. La realtà è che non avete niente, che dovreste essere denunciati per quello che avete fatto all'interno di un luogo di culto senza avere nessun permesso. Io so.» Alzò la voce puntando l'indice contro i relatori. «So come sono andate le cose. Avete danneggiato la cattedrale di Siena, rischiando un'esplosione sotterranea.» Tra il pubblico si diffuse un rumoroso brusio. «Vi siete appropriati di reperti archeologici sottraendoli alle legittime autorità. Avete manomesso opere d'arte per ritrovarvi in mano cosa? Uno scritto di cui nessuno ha mai sentito parlare e che, guarda caso, è andato distrutto per la maggior parte.»

«Che cosa vorrebbe insinuare?» Umberto si stava scaldando.

«Io non insinuo niente, professor Ardenti. Mi limito a riportare dei fatti. Come accade sempre, illazioni di questo tipo si appoggiano sempre su documenti andati in gran parte distrutti, tutto qui. E mi sembra un po' pochino per accusare di plagio tutta la Chiesa cattolica.»

Qualche timido applauso sostenne la sfuriata, mentre su di lui si erano riversati i flash dei fotografi.

«Lo hai fatto di proposito, non è vero?» disse Alan a Umberto.

«Che cosa, di grazia?»

«Organizzare la prima presentazione del libro qui a Roma, a pochi metri dallo Stato Vaticano.»

«Professor Ardenti!»

Umberto si voltò verso il cronista che lo stava chiamando in mezzo alla confusione.

«Professore, come risponde alle accuse della professoressa Fermani secondo la quale lei si sarebbe appropriato in modo illegale di reperti archeologici sottratti alle attività di scavo?»

«Blasfemia!» urlò un'altra voce dal pubblico.

«Fascista!» urlò un'altra ancora all'indirizzo dell'uomo con i baffi alla prussiana che stava rilasciando un'intervista seduta stante di fronte a una telecamera.

Alan osservò lo sguardo soddisfatto di Umberto. E senza che lui se ne accorgesse, lasciò la scena avviandosi verso l'uscita.

Entrò nel corridoio dove Monti attendeva la fine della presentazione, appoggiato a una colonna.

«Andrà per le lunghe?» gli chiese l'addetto alla sicurezza.

«È possibile.»

«Cosa sta succedendo là dentro?» chiese una delle responsabili della libreria.

«Un confronto accademico» le ripose Monti, mentre all'interno del salone la presentazione de *Il Codice della Fenice* si stava guadagnando a colpi di offese e insulti *accademici* l'apertura delle pagine di cronaca.

Alan prese la pipa dalla tasca della giacca. Recuperò il cappotto e uscì. L'aria fredda della sera lo assalì al volto. Attraversò la strada, seguito soltanto dal rumore dei propri passi. In lontananza, il traffico romano arrivava nella via come un brusio sommesso. Si alzò il bavero del cappotto e lo strinse attorno al collo. Si frugò nelle tasche alla ricerca dei fiammiferi. Quando li trovò, controllò con il pollice la presenza di tabacco ancora da fumare nel braciere della pipa. E accese. L'aroma dolciastro si diffuse in una nuvola, che lo avvolse come nebbia sotto il cono di luce di un lampione. Mancava qualcosa, qualcuno che aveva sperato di rivedere, che aveva cercato tra il pubblico. Ma che non aveva trovato.

«Alan.» La voce di Giulia lo rincorse alle spalle. Quando si voltò la vide, a pochi metri da lui, appena uscita dalla libreria. Indossava un cappotto di lana scuro e un grosso cappello color prugna.

«Il professor Ardenti sta dando spettacolo» disse appena lo ebbe raggiunto.

«Ha avuto il suo bel palcoscenico, ora se ne va a Praga e mi lascerà in mezzo a questo casino.» Rimasero in silenzio per qualche secondo. «Ma dov'eri là dentro?» le chiese, alla fine.

«Avevo detto a Margherita che volevo farti una sorpresa.» Aprì la borsa ed estrasse una copia del libro. «Avevo anche preso questo per farmelo autografare.»

«Sei sicura che quel libro valga qualcosa?»

«Io mi sono divertita parecchio.»

«Il problema è che…»

«Senti, Alan, hai intenzione di invitarmi a cena oppure restiamo qui tutta la sera? Sai, fa un po' freddo.»

«A cena?»

«Sì, hai presente? Due persone si rivedono, hanno voglia di stare insieme e vanno a cena.»

«Se avevano tutta questa voglia di stare insieme, com'è che hanno aspettato cinque mesi prima di rivedersi?»

«Chissà, forse lei aveva da sistemare un po' di cose.»

«Forse avrebbe potuto fare una telefonata.»

«Forse avrebbe potuto riceverla.»

Alan sorrise.

Le si avvicinò.

«Non ti bacerò qui per strada, professor Maier. Voglio prima una serata normale, senza rapimenti e senza escursioni sotterranee.»

«Mi sembra ragionevole.»

«E senza acqua, soprattutto.»

«Ovviamente.»

«E se potessi fare a meno di fumare quell'arnese…»

«Altro?»

«Ecco, se fosse possibile…»

«Sei sicura che avevi tutta questa voglia di rivedermi?»

Giulia sorrise.

«Sì.»

E lo baciò.

Per strada.

FINE

Nota dell'autore

I fatti raccontati in questo romanzo sono, ovviamente, frutto della mia fantasia. Il fascino dei luoghi in cui sono ambientati, invece, è del tutto autentico. Dall'abbazia di San Galgano al complesso del Santa Maria della Scala, dal centro storico di Siena, bottini e sotterranei compresi, fino alla cattedrale di Santa Maria Assunta, il duomo della città con il suo meraviglioso pavimento. Non esiste una stagione migliore delle altre per una visita in questi luoghi: ogni occasione è buona per un nuovo viaggio. E se in qualche modo questo mio romanzo dovesse aiutarvi a decidere di compierlo, ne sarei oltremodo orgoglioso.

Tra le persone che mi hanno aiutato nella stesura, infine, un ringraziamento particolare lo devo a Cecilia Broome.

Umberto Lubich
(umberto.lubich@hotmail.com).

Manufactured by Amazon.ca
Bolton, ON